10分で読めるお話

5年生

［選者］
日本児童文学者協会元会長
木暮正夫
日本児童文芸家協会元理事長
岡 信子

Gakken

もくじ

10分で読めるお話 5年生

日本のお話

5 月夜のでんしんばしら 作・宮沢賢治《みやざわけんじ》 絵・小林敏也

19 鬼《おに》の嫁《よめ》 作・斎藤隆介《さいとうりゅうすけ》 絵・山口みねやす

詩

32 林のなか 作・高田敏子《たかだとしこ》 絵・くすはら順子

世界のお話

35 最後《さいご》の一葉《ひとは》 作・O《オー》・ヘンリー 訳《やく》・前川祐一《まえかわゆういち》 絵・井江 栄

53 青い鳥 原作・モーリス・メーテルリンク 文・岡《おか》信子《のぶこ》 絵・清重伸之

日本のお話

73 海が消える 作・佐藤《さとう》さとる 絵・ささめやゆき

95 飛《と》ぶゆめ　作・三田村信行《みたむらのぶゆき》　絵・篠崎三朗

105 魔術師《マジシャン》とよばれた男　作・はやみねかおる　絵・大庭賢哉

125 空へ　作・山口《やまぐち》理《さとし》　絵・小松良佳

詩

138 ……できるなら　作・川越文子《かわごえふみこ》　絵・かりやぞののり子

世界のお話

141 塩《しお》　ロシア民話《みんわ》　編訳《へんやく》・中村喜和《なかむらよしかず》　絵・アンヴィル奈宝子

153 きみならどうする　作・フランク・R《アール》・ストックタン　訳著《やくちょ》・吉田甲子太郎《よしだきねたろう》　絵・山口けい子

4 お話を読む前に　／　172 お話を読みおわって　／　お話のとびら（本の後ろから読もう）

お話を読む前に

日本児童文学者協会元会長
木暮正夫《こぐれまさお》

この本には、五年生のみなさんにぜひ読んでほしい日本と外国の読みものが十編《ぺん》と、二編《へん》の詩がおさめられています。内容《ないよう》がみなさんの読書への興味《きょうみ》と関《かん》心《しん》を満《み》たすものであることはもちろんですが、「朝の読書」などでも短時間で読みきれるよう、「一話が十分間くらいで読める長さ」であることも、作品を選《えら》びだす際《さい》のポイントにしました。

みなさんは高学年ですから、今まで以上《いじょう》に「自分とはなにか？」「なにを目《もく》的《てき》に生きるか？」といったことについて、考えはじめているでしょう。人生に目覚《めざ》めてきたからです。その考えを広めたり深めていくには、読書が最適《さいてき》。読書はいつでもどこでも、一人でできます。人生に目覚《めざ》めた今こそ、五年生にふさわしい読書をしてください。

みなさんから改《あらた》めて、

〝読書ってこんなにも楽しく、心を豊《ゆた》かにしてくれるものだったのか。〟

と、思ってもらえるよう、内容《ないよう》のじゅうじつをはかり、構成《こうせい》も工夫《くふう》しました。

日本のお話

でんしんばしらの軍隊《ぐんたい》が行進を始める月夜の不思議《ふしぎ》な出来事。

絵・小林敏也《こばやしとしや》

あるばん、恭一《きょういち》はぞうりをはいて、すたすた鉄道線路の横の平らなところを歩いておりました。

たしかにこれは罰金《ばっきん》です。おまけにもし汽車が来て、まどから長い棒《ぼう》などが出ていたら、一ぺんになぐり殺《ころ》されてしまったでしょう。

ところがそのばんは、線路見回りの工夫《こうふ》も来ず、まどから棒《ぼう》の出た汽車にも会いませんでした。そのかわり、どうも実に変《へん》てこなものを見たのです。

九日《ここのか》の月が空にかかっていました。そしてうろこ雲が空いっぱいでした。

うろこ雲はみんな、もう月の光がはらわたの底《そこ》までもしみとおって、よろよろするというふうでした。その雲のすき間から、ときどき冷《つめ》たい星がぴっかりぴっかり顔を出しました。

恭一《きょういち》はすたすた歩いて、もう向こうに停車場《ていしゃば》の明かりがきれいに見えるとこまで来ました。ぼつんとした真っ赤な明かりや、*硫黄《いおう》のほのおのようにぼうとしたむらさき色の明かりやらで、目を細くして見ると、まるで大きなお城《しろ》があるように思われるのでした。

とつぜん、右手のシグナル柱が、がたんと体をゆすぶって、上の白い横木をななめに下の方へぶらさげました。これはべつだん不思議《ふしぎ》でもなんでもありません。

つまりシグナルが下がったというだけのことです。一晩《ひとばん》に十四回もあることなのです。

ところがその次がたいへんです。

さっきから線路の左側《ひだりがわ》で、ぐわあん、ぐわあんとうなっていたでんしんばし

*硫黄《いおう》：マッチや火薬の原料《げんりょう》になる、黄色の結晶《けっしょう》。

らの列が大いばりで、いっぺんに北の方へ歩きだしました。みんな六つのせとものの*エボレットをかざり、てっぺんに針金《はりがね》のやりをつけた*トタンの*しゃっぽをかぶって、片足《かたあし》でひょいひょいやっていくのです。そしていかにも恭一《きょういち》をばかにしたように、じろじろ横目で見て通りすぎます。

うなりもだんだん高くなって、今はいかにも昔風の立派《りっぱ》な軍歌《ぐんか》に変《か》わってしまいました。

「ドッテテドッテテ、ドッテテド、
でんしんばしらの軍隊《ぐんたい》は
速さ世界に*たぐいなし
ドッテテドッテテ、ドッテテド
でんしんばしらの軍隊《ぐんたい》は
*規律《きりつ》世界にならびなし。」

一本のでんしんばしらが、ことに肩《かた》を*そびやかして、まるでうで木も、ががり鳴るくらいにして通りました。

＊エボレット…洋服の肩《かた》の上につけるかざり。
＊トタン…屋根《やね》などに使う、亜鉛《あえん》をめっきしたうすい鋼板《こうはん》。
＊しゃっぽ…ぼうし。
＊たぐいなし…ほかに比《くら》べるものがないこと。
＊規律《きりつ》…人の行いのもととなる決まり。
＊そびやかす…肩《かた》などを高く上げる。

見ると向こうの方を、六本うで木の、二十二のせとものの工ボレットをつけたでんしんばしらの列が、やはりいっしょに軍歌《ぐんか》を歌って進んでいきます。

「ドッテテドッテテ、ドッテテド
二本うで木の＊工兵隊《こうへいたい》
六本うで木の＊竜騎兵《りゅうきへい》
ドッテテドッテテ、ドッテテド
一列一万五千人
針金《はりがね》固《かた》く結《むす》びたり」

どういうわけか、二本の柱がうで木を組んで、びっこ引いていっしょにやってきました。そしていかにもつかれたようにふらふら頭をふって、それから口を曲げてふうと息をはき、よろよろたおれそうになりました。

するとすぐ後ろから来た元気のいい柱がどなりました。

「おい、速く歩け。針金《はりがね》がたるむじゃないか。」

＊工兵隊《こうへいたい》…橋をかけたり鉄道を造《つく》ったり技術的《ぎじゅつてき》な仕事をする兵隊《へいたい》。

＊竜騎兵《りゅうきへい》…16、17世紀以降《せいきいこう》のヨーロッパで、銃《じゅう》を持ち、馬に乗った兵隊《へいたい》のこと。

二人はいかにもつらそうに、いっしょに答えました。
「もうつかれて歩けない。足先がくさりだしたんだ。長ぐつのタールもなにもかもうめちゃくちゃになってるんだ。」
後ろの柱はもどかしそうにさけびました。
「速く歩け、歩け。きさまらのうち、どっちがまいっても一万五千人みんな責《せき》任《にん》があるんだぞ。歩けったら。」
二人はしかたなくよろよろ歩きだし、次から次と柱がどんどんやってきます。
「ドッテテドッテテ、ドッテテド
やりをかざれるトタン帽《ぼう》
すねは柱のごとくなり。
ドッテテドッテテ、ドッテテド
肩《かた》にかけたるエボレット
重き務《つと》めを示《しめ》すなり。」
二人のかげも、もうずっと遠くの緑青色《ろくしょう》の林の方へ行ってしまい、月がうろこ雲からぱっと出て、あたりはにわかに明るくなりました。

でんしんばしらはもうみんな、非常《ひじょう》なごきげんです。恭一《きょういち》の前に来ると、わざと肩《かた》をそびやかしたり、横目で笑《わら》ったりして過《す》ぎるのでした。

ところがおどろいたことは、六本うで木のまた向こうに、三本うで木の真っ赤なエボレットをつけた兵隊《へいたい》が歩いていることです。その軍歌《ぐんか》はどうも、節《ふし》も歌もこっちの方とちがうようでしたが、こっちの声があまり高いために、なにを歌っているのか、ききとることができませんでした。こっちは、相変《あいか》わらずどんどんやっていきます。

「ドッテテドッテテ、ドッテテド、
寒さはだえ*をつんざくも
などて*うで木を下ろすべき
ドッテテドッテテ、ドッテテド
暑さ硫黄《いおう》をとかすとも
いかで落とさんエボレット。」

＊はだえ…ひふ。はだ。
＊などて…なぜに。

どんどんどんやっていき、恭一《きょういち》は見ているのさえ少しつかれてぼんやりなりました。

でんしんばしらは、まるで川の水のように、次から次とやってきます。みんな恭一《きょういち》のことを見ていくのですけれども、恭一《きょういち》はもう頭がいたくなってだまって下を見ていました。

にわかに遠くから軍歌《ぐんか》の声にまじって、

「お一二《いちに》、お一二《いちに》、」というしわがれた声が聞こえてきました。恭一《きょういち》はびっくりしてまた顔を上げてみますと、列の横を、せいの低《ひく》い顔の黄色なじいさんが、まるでぼろぼろのねずみ色のが*いとうを着て、でんしんばしらの列を見回しながら、

「お一二《いちに》、お一二《いちに》」

と号令《ごうれい》をかけてやってくるのでした。

じいさんに見られた柱は、まるで木のようにかたくなって、足をしゃちほこ*ばらせて、わき目もふらず進んでいき、その変《へん》なじいさんは、もう恭一《きょういち》のすぐ

*がいとう…コート。

*しゃちほこばらせて…きんちょうして体をかたくさせて。

前までやってきました。そして横目でしばらく恭一《きょういち》を見てから、でんしんばしらの方へ向いて、

「なみ足い、おいっ」と号令《ごうれい》をかけました。

そこで、でんしんばしらは少し歩調《ほちょう》をくずして、やっぱり軍歌《ぐんか》を歌っていきました。

「ドッテテドッテテ、ドッテテド
右と左のサーベル*は
たぐいもあらぬ細身なり。」

じいさんは恭一《きょういち》の前に止まって、体を少しかがめました。

「こんばんは、おまえはさっきから行軍《こうぐん》を見ていたのかい。」

「ええ、見てました。」

「そうか、じゃしかたない。友だちになろう、さあ、あく手しよう。」

じいさんはぼろぼろのがいとうのそでをはらって、大きな黄色な手を出しました。恭一《きょういち》もしかたなく手を出しました。じいさんが「やっ、」と言ってその

*サーベル…ヨーロッパ式の刀。

手をつかみました。

するとじいさんの目玉から、とらのように青い火花がぱちぱちっと出たと思うと、恭一《きょういち》は体がびりりっとして、あぶなく後ろへたおれそうになりました。

「ははあ、だいぶひびいたね。これでごく弱いほうだよ。わしともう少し強くあく手すれば、まあ黒こげだね。」

兵隊《へいたい》はやはりずんずん歩いていきます。

「ドッテテドッテテ、ドッテテド、
タールをぬれる長ぐつの
歩《ほ》はばは三百六十*尺《しゃく》。」

恭一《きょういち》はすっかりこわくなって、歯ががちがち鳴りました。じいさんはしばらく月や雲の具合をながめていましたが、あまり恭一《きょういち》が青くなってがたがたふるえているのを見て、気《き》の毒《どく》になったらしく、少し静《しず》かにこう言いました。

「おれは電気総長《そうちょう》だよ。」

恭一《きょういち》も少し安心して

*尺《しゃく》…長さの単位《たんい》。一尺《しゃく》は約《やく》三十センチメートル。

「電気総長《そうちょう》というのは、やはり電気の一種《いっしゅ》ですか」とききました。するとじいさんはまたむっとしてしまいました。

「わからん子どもだな。ただの電気ではないさ。つまり、電気のすべての長《ちょう》、長《ちょう》というのはかしらと読む。とりもなおさず電気の大将《たいしょう》ということだ。」

「大将《たいしょう》ならずいぶんおもしろいでしょう」恭一《きょういち》がぼんやりたずねますと、じいさんは顔をまるでめちゃくちゃにして喜《よろこ》びました。

「はっはっは、おもしろいさ。それ、その工兵《こうへい》も、その竜騎兵《りゅうきへい》も、向こうのてき弾兵《だんぺい》も、みんなおれの兵隊《へいたい》だからな。」

じいさんはぷっとすまして、かたっぽうのほおをふくらせて空をあおぎました。それからちょうど前を通っていく一本のでんしんばしらに、

「こらこら、なぜわき見をするか」とどなりました。するとその柱はまるで飛《と》びあがるくらいびっくりして、足がぐにゃんと曲がりあわててまっすぐを向いて歩いていきました。次から次と、どしどし柱はやってきます。

「有名な話をおまえは知ってるだろう。そら、息子《むすこ》が、イングランド（の）、

＊てき弾兵《だんぺい》…近世《きんせい》ヨーロッパで、弾《たま》を投げる兵隊《へいたい》のこと。

ロンドンにいて、おやじがスコットランド（の）、カルクシャイヤにいた。息子《むすこ》がおやじに電報《でんぽう》をかけた、おれはちゃんと手帳へ書いておいたがね、」

じいさんは手帳を出して、それから大きなめがねを出してもっともらしくかけてから、また言いました。

「おまえは英語《えいご》はわかるかい、ね、『センド、マイブーツ、インスタンテウリイ』すぐ長ぐつ送れとこうだろう、するとカルクシャイヤのおやじめ、あわてくさっておれのでんしんの針金《はりがね》に長ぐつをぶらさげたよ。はっはっは、いや、めいわくしたよ。それから英国《えいこく》ばかりじゃない、十二月ころ兵営《へいえい》へ行ってみると、おい、明かりを消してこいと*上等兵《じょうとうへい》どのに言われて新兵《しんぺい》が電灯《でんとう》をふっふっとふいて消そうとしているのが毎年五人や六人はある。おれの兵隊《へいたい》にはそんな者一人もないからな。おまえの町だってそうだ、はじめて電灯《でんとう》がついたころはみんながよく、電気会社では月に*百石《ひゃっこく》ぐらい油を使うだろうかなんて言ったもんだ。はっはっは、どうだ、もっともそれはおれのように勢《せい》力不滅《りょくふめつ》の法則《ほうそく》や熱力学《ねつりきがく》第二則《そく》がわかるとあんまりおかしくもないがね、どう

＊上等兵《じょうとうへい》…旧軍隊《きゅうぐんたい》の一等兵《とうへい》の一つ上の階級。

＊石《こく》…容積《ようせき》の単位《たんい》の一つ。一石《いっこく》は約《やく》百八十リットル。

だ、ぼくの軍隊《ぐんたい》は規律《きりつ》がいいだろう。軍歌《ぐんか》にもちゃんとそう言ってあるんだ。」

でんしんばしらは、みんなまっすぐを向いて、すましこんで通りすぎながら
ひときわ声を張《は》りあげて、

「ドッテテドッテテ、ドッテテド
でんしんばしらの軍隊《ぐんたい》の
その名 世界にとどろけり。」

とさけびました。

そのとき、線路の遠くに、小さな赤い二つの火が見えました。するとじいさんはまるであわててしまいました。

「あ、いかん、汽車が来た。だれかに見つかったらたいへんだ。もう進軍《しんぐん》をやめなくちゃいかん。」

じいさんは片手《かたて》を高くあげて、でんしんばしらの列の方を向いてさけびました。

「全軍《ぜんぐん》、かたまれい、おいっ。」

でんしんばしらはみんな、ぴったり止まって、すっかりふだんのとおりにな

りました。軍歌《ぐんか》はただのぐわあんぐわあんというなりに変《か》わってしまいました。

汽車がごうとやってきました。機関車《きかんしゃ》の石炭《せきたん》は真っ赤に燃《も》えて、その前で火《か》夫《ふ》は足をふんばって、真っ黒に立っていました。

ところが客車のまどがみんな真っ暗でした。するとじいさんがいきなり、

「おや、電灯《でんとう》が消えてるな。こいつはしまった。けしからん」と言いながらまるでうさぎのように背中《せなか》を真ん丸にして、走っている列車の下へもぐりこみました。

「あぶない」と恭一《きょういち》が止めようとしたとき、客車のまどがぱっと明るくなって、一人の小さな子が手をあげて

「明るくなった、わあい」とさけんでいきました。

でんしんばしらは静《しず》かにうなり、シグナルはがたりと上がって、月はまた、うろこ雲の中に入りました。

そして汽車は、もう停車場《ていしゃば》へ着いたようでした。

宮沢賢治（みやざわけんじ） 一八九六年岩手県に生まれる。大正・昭和の詩人・童話作家。主な作品に『雨ニモマケズ』『春と修羅』『銀河鉄道の夜』『風の又三郎』『注文の多い料理店』などがある。一九三三年没。

出典：『校本　宮澤賢治全集第十一巻』所収　筑摩書房　1974年

鬼《おに》にもあった泣《な》きどころをついた、女の子ゆうの物語。

鬼《おに》の嫁《よめ》

作・斎藤隆介《さいとうりゅうすけ》

絵・山口《やまぐち》みねやす

一

ゆうは、静《しず》かな女だった。いつもひっそりと口数が少なかった。部屋に何人かむすめがいて、だれか、みんなの中心になってにぎやかにしゃべっているむすめがいるとする。みんなはそのむすめを見ている。そのむすめを中心に笑《わら》っている。しかし、それぞれの家に帰って、あすこにはだれがいたっけな、と思いだすとき、真っ先に思いうかぶのは、部屋のすみでだまって白くほほえんでいたゆうだ。

――おゆうちゃん………。

あとのむすめはあとから思いだす。

なんでもないゆかたを着ているのに、そう、おゆうちゃんはなでしこのゆかたを着ていたっけ――、と、なでしこのゆかたのえり元のキッチリした合わせ方や、かたのあたりに二輪《りん》ほどこんのなでしこが散《ち》っていたことなどがふっと思いだされる――、ゆうはそういうむすめだった。

ゆうはやさしいむすめで、やさしいことをいつもしているのに、それを人に知られることをうんとはずかしがった。だから人にはわからぬよう、わからぬようにやった。気がついた親切にされた当人は、深く心にしみてわすれなかった。

礼を言うとはずかしがるので、そういうことが何回か続《つづ》くと、みんなはゆうにはわざと礼を言わないようになった。

ゆうは、みんなが、気がついていないと思って安心してひそかに次々とやさしいことをした。

トヨおばあのこしのいたみに効《き》く黒ゆりの根を、赤鬼山《あかおにやま》のてっぺんにとりにいったとき、ゆうは、あやうく足をすべらして谷に落ちそうになった。落ちなかったのは運よく小さいはい松《まつ》が生えていたからで、つかんだ枝《えだ》がゆうの命を救《すく》った。

命がけでとってきた黒ゆりの根を、ゆうは、悪いことでもするようにトヨおばあの家の縁側《えんがわ》にそっと置《お》いてにげ帰った。息子夫婦《むすこふうふ》は昼間は*田打ちに出ていて、トヨおばあだけが、障子《しょうじ》のかげでひっそりとねていたのだ。

丹吾《たんご》の田んぼの田植えのときに、急にものすごいはらいたを起こした丹吾《たんご》が、*あぜの草をつかんで*七転八倒《しちてんばっとう》するので、にょうぼうのヨキが大あわてにあわてふためいてかたにかついで医者様へ運んだ。一日ザワザワして、もちろん田植えどころではなかった。

次の朝早く、ヨキは暗いうちに田に出てみた。きのうし残《のこ》した田植えをやってしまおうと思ったのだ。田植えは一日おくれれば作が大きく落ちる。

*暁《あかつき》の光の中で見た田には、きれいに植えられた苗《なえ》がそろってそよそよと白い風にそよいでいた。

*田打ち…初春《しょしゅん》にくわで田の土をほりおこすこと。

*あぜ…田と田の間に、土をもりあげて作った境《さかい》。

*七転八倒《しちてんばっとう》…苦しんで転げ回ること。

*暁《あかつき》…夜の明けるころ。明け方。

ヨキは、ゆうがだまって田植えをやってくれたことを知った。こんなことを、だまってしてくれるのはゆうしかない。ゆうに会ったとき、ゆうがはずかしそうに急いであいさつして角を曲がって小走りに走っていったことで、それはさらに確《たし》かになった。ゆうはそういうむすめだった――。

そのゆうが、十八になった朝、ゆうの家のわら屋根のむねに、深々と*白羽《しらは》の矢が立った。

今年はゆうを*人身御供《ひとみごくう》に出せと、赤鬼山《あかおにやま》の赤鬼《あかおに》が言ったのである。

二

トヨおばあは泣《な》いた。

「おらのこしの薬を赤鬼山《あかおにやま》にとりに登ったとき、きっと赤鬼山《あかおにやま》の赤鬼《あかおに》がおゆうを見そめたのだ。おら申しわけねえ。おらのような年寄《としよ》りは死んでもいいのに、わかいおゆうが命をとられる――！」

＊白羽《しらは》の矢が立つ…たくさんの中から、特《とく》に目をつけられて選《えら》びだされること。

＊人身御供《ひとみごくう》…神へのそなえものとして、人間の体をささげること。また、その人。

おばあはこしをたたいて泣《な》いた。

しかし、赤鬼山《あかおにやま》の赤鬼《あかおに》の言うことにそむけば、赤鬼山《あかおにやま》は火をふいて、ふもとのこの村の田畑を全部だめにしてしまう。

それで去年《きょねん》はひでを、おととしはキチを、村の人々はこし*に乗せてかついで、赤鬼山《あかおにやま》のてっぺんに運んだのだ。みんな十八になったばかりで、みんな村いちばんの美しいむすめだった。

赤鬼山《あかおにやま》は火をふかなかったから、田畑は助かったが、ひでとキチは帰ってこなかった。きっと食われて死んでしまったのだろうと村人は泣《な》いた。

それが、今年はゆうの家に白羽《しらは》の矢が立った。

村の衆《しゅう》――、特《とく》にわかい衆《しゅう》たちはおこった。

「ゆうのようにいいむすめは、鬼《おに》になんどやれねえ！」

ひでもキチも、鬼《おに》にやっていいむすめというのではない。けれども、ゆうのようにやさしいむすめはぜったい鬼《おに》などにやるわけにはいかない！　田畑がぜんめつになって、かなわないまでもと、みなみないきりたった*が、ゆうは、い

＊こし…人を乗せてかたにかついだり、こしのあたりに手で支《ささ》えたりして運ぶ乗りもの。
＊いきりたつ…はげしくおこって、こうふんする。

つもの白い顔をいっそう白くしてふた親と村の衆《しゅう》に言った。

「お父《とう》、お母《かあ》、村の衆《しゅう》。おら行くス。おらを行かせてくろ。そうせばみんなにいいのだから。」

そしてすらすらと山へ行く着がえを始めた。みなみなが口々にいろいろと言いたてても、ほほえむばかりで手は止めなかった。

当人がかたくかくごしているので、もう止めようがなかった。

そこで四人のわかい衆《しゅう》が、ゆうを乗せたこしをかついで赤鬼山《あかおにやま》に登っていった。両親は家で死んだように真っ青な顔をして、お明《あ》かりをあげていのりつづけた。

てっぺんに着いたとき、わかい衆《しゅう》たちは、こしを下ろして噴火口《ふんかこう》をのぞいた。つえをにぎって「ちくしょう!」とさけんだ。

しかしゴンゴンと山が鳴りだすと、一目散《いちもくさん》に山をかけ下った。

三

ゆうは、噴火口《ふんかこう》から、ひらりとおどりあがってきたものを見た。見るもおそろしい赤鬼《あかおに》だった。太い角が二本生えていた。からだ中《じゅう》が、ゆであげたように真っ赤で、ぱりぱりと金色の毛が生えていた。とらの皮のふんどしもしめていた。

ゆうは、それを、黒い大きな目で見ていた。

「こおらあ。貴様《きさま》はおらが、こわくはねえのかあ！」

真っ赤な口を開いて赤鬼《あかおに》がさけんだ。

「あい。おらは、もうかくごしているから――。」

ゆうは静《しず》かに言ってこしから出た。赤鬼《あかおに》はじだんだふんで、また、さけんだ。

「おらは鬼《おに》だどう！　こわくはねえかあ！」

「あい。」

「なしてだあ。去年《きょねん》のひでも、おととしのキチも、みんなおらを見たら気を失《うしな》ったり泣《な》きさけんだりしたどう！」

「だども、おらが今年来て、今年は田畑があれねえべ。村の衆《しゅう》は助かるもの。」

「ふうむ。」

鬼《おに》は気ぬけがしたようだった。

しかし、ずかずかとゆうのそばに近寄《ちかよ》ると、わっしと小わきに引っかかえて、噴火口《ふんかこう》の内側《うちがわ》のかべをかけおりはじめた。

ああああっ、と思ったのも束《つか》の間で、赤鬼《あかおに》はかべを内側《うちがわ》に折《お》れた。そこには道があり、道の行きづまりは岩屋になっていた。

岩屋には、金銀宝物《きんぎんたからもの》や美しい着物が山ほど積《つ》みあげてあった。赤鬼《あかおに》はゆうに
着ろ、と言った。ゆうが取りあげたのは、すみにつく*ねてあった青い着物と赤
い着物だった。それはひでとキチが着てきた着物だった。赤鬼《あかおに》がいやな顔をした。

「あいつらは、おれの嫁《よめ》コになったのだからいい着物を着ろと着せてやったの
に、ヒイとさけんでかけだして、火の中さ飛《と》びこんでしまいやがった！」

赤鬼《あかおに》がガチガチと歯がみして言った。ゆうがそっと手を合わせた。死んだひ

＊つくねて…乱雑《らんざつ》に重なって。

でとキチへである。

「おらは、みっともねえ赤鬼《あかおに》に生まれたから、嫁《よめ》コはきれいなきれいな女ごがほしいのだ。貴様《きさま》はほんとにおらの嫁《よめ》コになるか！」

「あい。」

ゆうはそう答えた。なんだか赤鬼《あかおに》があわれになったのだ。

それから二人の岩屋のくらしが始まった。

赤鬼《あかおに》がいくらすすめても、ゆうはごちそうには手を出さなかった。白いまんま*まとうめぼしと、少しのおかずを自分でにて、小さな口でひっそりと食べた。

「村の衆《しゅう》は、こんなごちそう、食べていねえもの。」

赤鬼《あかおに》がすすめるとゆうはそう答えた。赤鬼《あかおに》もなんだか、食べているごちそうの味が急にうすくなった。何日かすると、ゆうの食べているうめぼしとわらびのにつけが、とてもうまげに見えてきた。食べてみた。ひっそりとうまかった。

赤鬼《あかおに》は、夜ねむりに入るときに、金らんのふとんのえりを引きあげて、パタパタたたいてくれているゆうの手を感じた。

「――かぜ引くに……。」

ゆうがつぶやいていた。ばかな！　鬼《おに》がかぜなど引くものか！　そうさけぼうと思ったが、むねがあまあくなってしまってだまっていた。そのうちねむった。

赤鬼《あかおに》は岩屋のおくのふいご*の取っ手をゴウスウ、ゴウスウおし引きした。毎

＊まんま…ご飯《はん》。

＊ふいご…くわなどの金属製品《きんぞくせいひん》を作るのに用いられた、火をおこすための送風器《そうふうき》。

日の仕事である。

「なあ、なしておまえはこのふいごをおす？」

ゆうがあるとききいた。

「これは噴火口《ふんかこう》に通じている。これで火の山の火をおこしているなだ。火の山の火を絶《た》やさねえでおいて、おれをせめに来たりするやつがあったら、ゴオンと一時《いっとき》にふっ飛《と》ばしてやるなだ！」

ゆうは、ゆうなんどがおしたって引いたってゴオともスウともいいそうもない大きな取っ手を見ながら、そっとため息をついた。

「――そん夕に力があるこったバなァ……。」

「力があればどうしろと言うのだ。」

赤鬼《あかおに》がきいてゆうが話したところによると、その力で伝助夫婦《でんすけふうふ》の畑おこしを手伝《てつだ》ってやれば、と言うのである。あの夫婦《ふうふ》は年寄《としよ》りなのに息子《むすこ》に死なれて、岩だらけの畑を、一生けん命おこしているというのだ。

「二人が気がつかねえように、夜のうちになあ……。」

ばかな！　と赤鬼《あかおに》はさけんだが、いつもゆうの言葉が引っかかってめんどくさいので、あるばん、出かけて一息にかたづけてきた。

赤鬼《あかおに》はだまっていたのだが、ゆうは知っているようだった。

「今度はなあ……。」

「まあだあるのか！」

「村にはいっぱいいっぱいつらい人たちがいてなあ、すまねえスなァ……。」

赤鬼《あかおに》は、今度はふもとの底《そこ》なし川の川の曲がりを直させられた。曲がりっぷちの三げんの家はいつも出水でゆかまで水がくるのだ。

大あせをかいて明け方に帰ってきた赤鬼《あかおに》は、わぐわぐ鼻で息をしながら、大いそがしで白い飯《めし》とうめぼしとわらびのにつけを山ほど食べた。

ねるとき、ゆうは赤鬼《あかおに》のまくら元にすわって、ふとんのえりを引きあげてパタパタたたいてくれた。文句《もんく》を言おうと思っていた赤鬼《あかおに》は、なにやらむねがあまあくなってだまってねむってしまった。

次のばん、赤鬼《あかおに》は、林道の工事をさせられた。

そして次のばんも。次のばんも。

あるばんゆうがまた、

「たびたびすまねえスなァ、今度は——。」

と言いかけたとき、赤鬼《あかおに》はわあっとさけんでつっ立ちあがった。

「やだ、やだ、やだ！　おらァ　もうたくさんだ！　おらはこのごろ気が弱くなっちまって、からだの赤色もうすれたようだ。面《つら》コの美しい嫁《よめ》コ、心の美しい嫁《よめ》コなどもうたくさんだ！　助けてくれェ！」

と言うと、噴火口《ふんかこう》の内側《うちがわ》をかけ登って、それきりどこかへ走り去ってしまった。

ゆうは、亭主《ていしゅ》の赤鬼《あかおに》が帰ってこないので、ようやく内かべをはいあがって、ようやく村へ帰っていった。鬼《おに》の宝《たから》はみんなで分けて、ゆうはそれからも、だまってみんなにやさしいことをしたそうだ。


斎藤隆介（さいとうりゅうすけ）　一九一七年東京に生まれる。主な作品に『ベロ出しチョンマ』（小学館文学賞）、『ちょうちん屋のままッ子』（サンケイ児童出版文化賞）、『モチモチの木』『花さき山』『半日村』などがある。一九八五年没。

出典：『6年の読み物特集号』所収　学研　1970年

詩

林のなか

少女よ
あなたのとなりには
だれもいない
けれど　私《わたくし》には見えるのです
旅装《りょそう》をといたばかりの「秋」が

作・高田敏子《たかだとしこ》

絵・くすはら順子《じゅんこ》

あなたのスケッチブックをのぞいているのが……

そして
あなたのハミングの
「赤トンボ」をききながら
ここにしばらく休んでいるのが……

高田敏子（たかだとしこ） 1914年東京に生まれる。主な作品に、詩集『藤』（室生犀星詩人賞）、『夢の手』、童話に『とんでっちゃったねこ』、エッセイ集に『娘に伝えたいこと』などがある。1989年没。

出典：『3年の読み物特集号』所収　学研　1971年

あらしの夜にもふきとばされなかった、一枚《まい》の葉のひみつ……。

最後《さいご》の一葉《ひとは》

作・O《オー》・ヘンリー　訳《やく》・前川祐一《まえかわゆういち》

絵・井江《いえ》　栄《さかえ》

　ワシントン広場の西の小地区は、通りがとても入り組んでいて、小路《こうじ》とよばれる細かい土地に分かれている。この小路《こうじ》は不思議《ふしぎ》に曲がっていて、同じ道が、一、二回交差《こうさ》する。

　かつてある画家が、この通りで、おもしろいことが起きそうだと考えついた。絵の具や紙やカンバスの*請《せい》求書《きゅうしょ》を持った集金人が、ここに住む貧《まず》しい画家からお金を受けとろうと、この入り組んだ道に入ってきたとしたら。集金人は、歩きまわったあげくまた元の道にもどってくる。一セントも受けとることができずに。

そんなところから、この風変《ふうが》わりでおもしろ味のある古いグレニッジ村へ、間もなく絵かき連中《れんちゅう》がうろうろやってくるようになった。彼《かれ》らは、北向きのまどと、古めかしい屋根かざりと、かくれ家のようなオランダ式の屋根裏《やねうら》部屋と、安い部屋代を求《もと》めてきたのだ。それから、しろめ*製《せい》のコップと、こんろつきのなべを六番街《ばんがい》から一つ二つ仕入れてきて、ここに画家の町ができあがったのである。

ずんぐりしたれんが造《づく》りの三階建《がいだ》ての一番上に、スーとジョンジィのアトリエ*があった。ジョンジィというのはジョアナの愛称《あいしょう》だった。スーはメーン州*の出身で、ジョンジィはカリフォルニア州*の出身。二人が知りあったのは八番街《ばんがい》のデルマニコ食堂《しょくどう》のテーブルで、芸術《げいじゅつ》と、チコリ*のサラダと、ブラウスのふんわりとしたそでの形のしゅみが、ぴったり同じなことから、アトリエをいっしょにするようになったのだ。

それが五月のことだった。十一月になり、医者が「肺炎《はいえん》」と名《な》づけた、冷《れい》こくですがたの見えないよそ者が、大手をふってこの画家の町を歩きまわった。

*請求書《せいきゅうしょ》…支払《しはら》いなどを相手に求《もと》めるために出す文書。

*しろめ…すずと鉛《なまり》の合金。

*アトリエ…画家や彫刻家《ちょうこくか》などの仕事部屋。

*メーン州…アメリカの最《さい》北東部にある州。

*カリフォルニア州…アメリカの西海岸にある州。

*チコリ…キク科の多年草。葉や芽《め》をサラダにして食べる。

そして、あっちこっちに氷のような手をふれていった。東の貧民街《ひんみんがい》では、このきょう悪《あく》なやつは、あつかましくのし歩いて、何十もの人をおそってはぎせいにしていったが、このせまいこけむした小路《こうじ》の迷路《めいろ》では、ゆっくりと通りぬけていった。

この「肺炎《はいえん》」というやつは、紳士《しんし》とよべる代物《しろもの》ではなかった。カリフォルニアの西風にふかれて育った、か弱い女の人なんて、血まみれの手をし、息を切らした老《お》いぼれ野郎《やろう》がじまんにしてよいえものではなかった。それなのに、肺《はい》炎《えん》はジョンジィをおそったのだ。彼女《かのじょ》はほとんど身動きもできずに、ペンキぬりの鉄の寝台《しんだい》に横になり、オランダ式の小さなまどから、となりのれんが造《づく》りの家《や》のかざりのないかべを見ていた。

ある朝、いそがしい医者が、ごま塩《しお》まじりのまゆ毛のこい顔で、スーをろうかによびだした。

「治《なお》る見こみは、まあ、十に一つだな。」

と、彼《かれ》は体温計の水銀《すいぎん》を下げながら言った。

「それに、その見こみは、本人が生きたいと思うかどうかにかかっているんだよ。あんなふうに、葬儀屋《そうぎや》のかたを持つようになっちゃ、いくら良《よ》い薬を出したってばかげて見えるからなあ。あの人は、良《よ》くならないものと自分から決めてかかっている。なにか気にかけていることはあるかね？」

「あの人、ナポリ湾《わん》をいつかかきたいって言ってましたわ。」

「絵だって？　じょうだんじゃない。もっと本気で考える値打《ねう》ちのあるようなことはどうだね？　たとえば男のことかなにか。」

「男のことですって？」

スーは鼻にかかったふくみ声で言った。

「男に値打《ねう》ちなんてあるのかしら。とんでもない。先生、そんなものあるもんですか。」

「では、体力の問題だな。」

と医者は言った。

「わたしにできるかぎりの、医学のおよぶことはみんなやってみるつもりだが

＊ナポリ湾《わん》…イタリアの南西部にある、地中海《ちちゅうかい》の湾《わん》

ね。しかし、病人が自分の葬式《そうしき》に来る車の数を気にしだしたら、薬の効き目《きめ》も半減《はんげん》するからな。あの人が、今年の冬のコートのそでの形を気にするようになったら、十に一つどころか五つに一つ良《よ》くなると約束《やくそく》していいんだがね。」

医者が行ってしまったあとで、スーは仕事部屋に入って、日本製《せい》のナプキンがぐしょぐしょになるまで泣《な》いた。それから画板を手に、口笛《くちぶえ》でジャズ*をふきながら、から元気を出してジョンジィの部屋へ入っていった。ジョンジィはシーツをかけピクリともせずに、まどの方に顔を向けてねていた。ねむっているのかと思ってスーは口笛《くちぶえ》をやめた。彼女《かのじょ》は画板を広げると、雑誌《ざっし》のさし絵のペン画をかきはじめた。わかい小説家志望者《しぼうしゃ》たちが、文学への道を開くために書く雑誌《ざっし》に、わかい画家はさし絵をかいて、美術《びじゅつ》への道を開かなければならない。

スーが、小説《しょうせつ》の主人公、アイダホ州*のカウボーイの、馬の品評会《ひんぴょうかい》用のゆうがな乗馬ズボンと片めがねの下がきをしていたとき、低《ひく》い声が数回くりかえされるのを耳にした。彼女《かのじょ》はすばやく病人のまくら元へ行ってみた。

ジョンジィは大きく目を開けて、まどの外をながめながら数を数えていた。

＊ジャズ…アメリカ南部の黒人の音楽から発達《はったつ》した音楽。

＊アイダホ州…アメリカの北西部にある州。ロッキー山脈《さんみゃく》がある。

それも逆《さか》さまから数えているのだ。

「十二」と彼女《かのじょ》は言った。しばらくして「十一」、それから「十」、そして「九つ」、次に「八つ」、そしてすぐ続《つづ》いて「七つ」。

スーは、なにごとかと外を見た。なにを数えているんだろう。目に見えるものといえば、がらんとしたものさびしい中庭と、二十フィート*ばかり向こうのれんが造《づく》りの建物《たてもの》の、のっぺりしたかべだけだ。そのれんがのかべには、根元は節《ふし》くれだってくさったつたの老木《ろうぼく》が、とちゅうまではい登っていた。冷《ひ》ややかな秋の風が葉をたたき落として、ほねと皮ばかりの枝《えだ》は、ほとんどむきだしになって、ぼろぼろにくずれたれんがにしがみついていた。

「なんなの？」とスーはきいた。

「六つ」と、ジョンジィは、かの鳴くような声で言った。

「だんだん落ちるのが早くなったわ。三日前には百ぐらいあったのよ。数えるのに頭がいたくなったくらい。今はかんたんだわ。ほらまた一つ落ちた。もう、たった五つしか残《のこ》っていない。」

*二十フィート…一フィートは約《やく》三十センチ。二十フィートは約《やく》六メートル。

「なにが五つなのか教えてよ。」

「葉っぱよ、つたについてる。最後《さいご》の一枚《まい》が落ちたらあたしもゆかなきゃあ。三日前からわかっていたの。お医者さん、そう言わなかった？」

「まさか、そんなばかなこと言うもんですか。」

と、スーはわざとけいべつしたような調子で言った。

「あんたが良《よ》くなることと古いつたの葉っぱと、どういう関係《かんけい》があるというのよ。しかも、あんた、あのつたが大好《だいす》きだったじゃないの。聞きわけのない人ね。しっかりしてよ。そうそう、今朝《けさ》、お医者さんが言ったわ。どんどん良《よ》くなる見こみは、ええっと、なんて言ったかな、見こみとしては一つに十だって。そうね、ニューヨークで電車に乗ったり、新しいビルディングのそばを歩くときのあぶなさとたいして変《か》わらないということ。さあ、スープを飲んでよ。そうしたら絵の仕事にもどるわ。あしたこの絵が売れたら、病人のあんたには*ポートワイン、食いしんぼうのあたしには*ポークチョップということになるんだけど。」

＊ポートワイン…ブドウからつくったお酒の一つで、あまいワイン。
＊ポークチョップ…ぶたの骨付《ほねつ》き厚《あつ》切りの肉。また、それを焼《や》いた料理《りょうり》。

「もうポートワインはたくさん。」

と、ジョンジィはまどから目をはなさずに言った。

「また一つ落ちた。ううん、もうスープはいらない。たった四つ残《のこ》っただけよ。暗くならないうちに最後《さいご》の一つが落ちるのを見たいわ。そのときには、あたしも終わり。」

「ねえ、ジョンジィ。」

とスーは顔をのぞきこみながら言った。

「目をとじているって約束《やくそく》してくれない？ そしてあたしの仕事がすむまでまどの外は見ないって。あたし、あした、あの絵を手わたさなければならないの。だから明るくなくちゃこまるのよ。それでなかったら日よけを下ろしてしまうんだけど。」

「あっちの部屋じゃかけないの？」

ジョンジィは冷《ひ》ややかにたずねた。

「そばにいたいのよ」とスーは言った。

「あんたが、あのばからしいつたの葉を見ているなんて、いやなのよ。」

「終わったらすぐそう言ってね。」

とジョンジィは目をとじながら、たおれた彫像《ちょうぞう》のように青ざめて、身じろぎもせずに言った。

「あたし最後《さいご》の一枚《まい》が落ちるのを見たいから。もう待つのはたくさん。考えるのもいやになっちゃった。なにかにすがりつくのはやめて、下へまいおりていきたい。落ちていきたいの。あのかわいそうなくたびれた葉っぱみたいに。」

「ねむるようになさいな。」

とスーは言った。

「あたしベアマンをよんできて、〝年とった世捨《よす》て人《びと》の鉱夫《こうふ》〟のモデルになってもらわなくちゃあ。すぐもどってくるわ。帰ってくるまで動こうなんて考えてはだめよ。」

ベアマン老人《ろうじん》は一階の、二人のちょうど真下に住んでいる画家だった。六十歳《さい》を過《す》ぎた年で、＊半獣神《はんじゅうしん》のような頭から、小鬼《こおに》のような体に、ミケランジェロ

＊半獣神《はんじゅうしん》…頭が獣《けもの》で体が人間、または頭が人間で体が獣《けもの》の形をしている神。

のえがいたモーゼ*のようなあごひげがたれさがっている。ベアマンは芸術家《げいじゅつか》としては成功《せいこう》しなかった。四十年の間絵筆をふるったのだが、とうとう美の女神《めがみ》の衣《ころも》のすそにふれることもできなかった。いつもいつも傑作《けっさく》をかこうとするのだが、まだ手もつけられないでいる。ここ数年来、商業用か広告用《こうこくよう》の下手《へた》な絵以外にはなにもかいていない。わずかな収入《しゅうにゅう》は、専門《せんもん》のモデル相手ではモデル料《りょう》をはらえないこの町のわかい絵かきたちのために、モデルになってやることで手に入れていた。ジン*におぼれながら、しかも口では傑作《けっさく》がかけるようなことを言っている。それに彼《かれ》は、気性《きしょう》のはげしい小がらな老人《ろうじん》で、他人の弱点を見てとるとひどくあざ笑《わら》い、自分では、上のアトリエにいる二人のわかい芸術《げいじゅつ》家《か》を守る特別《とくべつ》な番犬を*もって任《にん》じていた。

　スーが下りていくと、ベアマンはうす暗《ぐら》い穴倉《あなぐら》のような部屋で、ジン特有《とくゆう》のねず*の実のにおいをぷんぷんさせていた。かたすみにはなにもかいてないカンバスが台にのせてあるが、それは、傑作《けっさく》の最初《さいしょ》の一筆が加《くわ》えられるのを、二十五年このかた待ちつづけているのだ。スーは、ジョンジィのばかばかしい空想

＊モーゼ…古代イスラエルの預言《よげん》者《しゃ》・宗教的《しゅうきょうてき》指導者《しどうしゃ》。白く長いあごひげを生やしている。

＊ジン…お酒の一種《いっしゅ》。

＊ねずの実…ネズミサシともいうヒノキ科の植物。ジンのかおりをつけるのに用いる。

＊～をもって任《にん》ずる…自分は～だと自信を持っている。

のことを話した。ほんとうのところ、ジョンジィは葉っぱみたいに軽くてもろいので、＊この世の執着《しゅうちゃく》がこれ以上《いじょう》少なくなったら、ふわふわ飛《と》んでいってしまいそうで、心配でたまらないと話した。ベアマン老人《ろうじん》は、酒で赤くなった目にそれとわかるなみだをうかべると、ジョンジィのそんな＊たわけた空想を、大声でばかばかしいとののしった。

「なんだって！」

と彼《かれ》はさけんだ。

「いってえこの世の中に、木の葉が落ちるから自分も死ぬだなんて、そんなばかなやつがいるかってんだ。おらあ、そんなあほらしい話は聞いたこともねえ。いいや、おらあ、とんまな世捨《よす》て人《びと》の鉱夫《こうふ》のモデルになるのはいやだよ。どうしてまた、あんた、あれの頭にそんなあほらしい考えを起こさせたんだね。ああ、ああ、かわいそうになあ、ジョンジィのやつ。」

「とっても具合が悪いし、体力もなくなったわ。」

とスーは言った。

＊この世の執着《しゅうちゃく》…この世に生きることにこだわること。

＊たわけた…ばかげた。ふざけた。

「それに熱《ねっ》で神経過敏《しんけいかびん》になって、おかしな空想でいっぱいなの。けっこうよ、ベアマンさん。あたしのモデルになる気持ちがないんなら、もういらないわ。だけど、あんたって、ほんとに老《お》いぼれの気まぐれやさんね。」

「ばかだなあ。」

とベアマンはどなりかえした。

「だれがやらねえと言った？　ええ？　おい。いっしょに行くよ。半時間も前から用意はいいよって、声をかけるつもりでいたんだ。まったくけしからん！　ここあ、ジョンジィのようなかわいいむすめが病気でねているところじゃねえんだ。いつか、おれあ傑作《けっさく》をかく。そしたら、みんなで出ていこうぜ。そうさ、きっとそうするぞ！」

二人が上がってくると、ジョンジィはねむっていた。スーは、日よけを引きおろすとベアマンに合図して、となりの部屋に入った。そこから、二人はおそるおそるつたをながめた。二人はしばらくの間、ものも言わずに顔を見合わせていた。雪まじりの冷《つめ》たい雨がひっきりなしにふっていた。着古した青シャツを着たベアマンは、岩に見立てて引っくりかえしに置《お》いた湯わかしの上に、世をすてた鉱夫《こうふ》のようにこしを下ろした。

次の朝、スーが一時間ほどねむって目を覚《さ》ますと、ジョンジィは生気のない目を大きく開けて、引いたままの緑色の日よけを見つめていた。

「上げてよ、見てみたいの。」

彼女《かのじょ》はささやくような声で命令《めいれい》するように言った。

スーはしぶしぶ言うとおりにした。

が、これはおどろいた。長い長い夜の間ふりつづいたしのつく雨*と、すさまじい突風《とっぷう》のあとで、れんがのかべの表には、やっぱり一枚《まい》のつたの葉がしっかりとしがみついているではないか。それはつるに残《のこ》った最後《さいご》の一枚《まい》だった。

*葉柄《ようへい》の近くはまだこい緑色が残《のこ》っているが、ぎざぎざの葉先の部分は黄色くなってぼろぼろにくさっている。それが地面から二十フィートぐらいの高さの枝《えだ》にしっかりとぶらさがっていた。

「最後《さいご》の一枚《まい》ね。」

＊しのつく雨…強くはげしくふる雨。
＊葉柄《ようへい》…葉と茎《くき》をつなぐ柄《え》の部分。

とジョンジィが言った。

「夜の間にきっと落ちると思っていたんだけど、風の音がひどかったし、今日はきっと落ちるわ。そしたら、あたしもそのとき死ぬんだわ。」

「なに言ってんの。」

と、スーはつかれきった顔をジョンジィの顔に近づけて言った。

「自分のことをあきらめちゃったんなら、あたしのことを考えてよ。あたしはどうしたらいいの？」

けれども、ジョンジィは答えなかった。この世でいちばん心細いもの、それは、神秘《しんぴ》に包《つつ》まれた遠い旅に出るしたくをしているときのたましいである。友情《ゆうじょう》と、この地上の生活に、彼女《かのじょ》をつないでいるきずなの一つ一つがほどけてゆくにつれて、空想がいっそう強く彼女《かのじょ》をとらえているようだった。

その日もいつか、くれていった。そしてうす暗くなっても、まだかべを背景《はいけい》につるにしがみついているさびしそうなつたの葉が見えた。夜には、また北風がふきはじめ、雨は、あいも変《か》わらずまどをたたき、しずくが、低《ひく》いオランダ

風の屋根のひさしからぽとぽととしたたり落ちていた。
朝が来て明るくなるかならないうちに、いらいらしたジョンジィは、早く日よけを上げてくれと言った。

つたの葉はまだ残《のこ》っていた。

ジョンジィはしばらくの間それをながめていた。それからまたスーをよんだ。スーはガスストーブの上で、とりのスープをかきまわしているところだった。

「スージィ、あたしって、いけない子だったわ。」

とジョンジィが言った。

「あたしがどんなにひねくれているかを教えるために、なにかの力であの最後《さいご》の一枚《まい》があそこに残《のこ》っているのね。死にたがるなんて罪深《つみぶか》いことだわ。さあ、スープを少し持ってきてちょうだい。それとぶどう酒をちょっと混《ま》ぜたミルクもね。えーっと、そうだわ、その前に、手鏡《てかがみ》を持ってきて。それからまくらを二つ三つ当てがってよ。あたし起きあがって、あんたが料理《りょうり》するのを見るわ。」

一時間ほどしてから、彼女《かのじょ》は言った。

「スージィ、あたし、いつかナポリ湾《わん》をかいてみたいわ。」

午後、医者がやってきた。医者が帰るとき、スーは口実を作っていっしょに

ろうかへ出た。医者は、彼女《かのじょ》の細いふるえている手を取ると、

「五分五分だな。」

と言った。

「じょうずに看病《かんびょう》してあげればきみの勝ちだよ。さあ、あたしは、一階の患者《かんじゃ》をもう一人みなければならない。ベアマンとかいう男でね。きっと絵かきかなにかだろう。これまた肺炎《はいえん》だ。年寄《としよ》りで弱っているし、病勢《びょうせい》がはげしい。まあだめだろうが、少しでも楽になれるように、今日入院《にゅういん》するんだよ。」

翌日《よくじつ》、医者はスーに言った。

「とうげをこしましたよ。あんたの勝ちだ。あとは栄養《えいよう》第一に、だいじを取ることだけだな。」

午後、ジョンジィが横になったままで、すごく青い、とても実際《じっさい》には着られそうもない毛糸のかたかけを編《あ》んでいると、ベッドにスーがやってきて、うでをのばすと、まくらやそのほかいろいろのものといっしょにジョンジィをかきいだいた。

「かわいい白ねずみさん、あんたに知らせることがあるの。ベアマンさんが、今日病院《びょういん》でなくなったわ。肺炎《はいえん》よ。あの人、二日悪かっただけなの。おとといの日の朝、自分の部屋で苦しくてどうにもがまんできなくなっているところを、管理人《かんりにん》が見つけてね。くつも着物もぐしょぬれで、氷のように冷《つめ》たかったらしいわ。あんなひどい夜に、どこへ行っていたのか、だれにも見当がつかなかったの。それから、灯《ひ》のついたままのランタン*と、置《お》いてあった場所から引きずってきたはしごと、二、三本の散《ち》らかった絵筆と、それに緑と黄色の絵の具を混《ま》ぜたパレットが見つかったのよ。ほら、まどから見てごらんなさい。あのかべにくっついている最後《さいご》のつたの葉っぱよ。風がふいても、ちっともひらひらしないのを不思議《ふしぎ》に思わなかった？　ねえ、ジョンジィ、あれ、ベアマンさんの傑作《けっさく》よ。最後《さいご》の一枚《まい》が落ちた夜、あの人が、あそこへかいたのよ。」

＊ランタン…手さげの角形のランプ。

O・ヘンリー（オー・ヘンリー）　一八六二年アメリカに生まれる。主な作品に『賢者のおくりもの』『二十年後』などがある。一九一〇年没。

前川祐一（まえかわゆういち）　一九二六年東京に生まれる。児童向け翻訳作品に『しあわせな王子』（オスカー・ワイルド作）などがある。二〇〇一年没。

出典：『中学生の本棚19』所収　学研　1970年に一部加筆

世界のお話

不思議《ふしぎ》な国から不思議《ふしぎ》な国へと続《つづ》く、幸せさがしの旅。

青い鳥

原作・モーリス・メーテルリンク　文・岡《おか》　信子《のぶこ》

絵・清重伸之《きよしげのぶゆき》

森のおくの小さな家に、きこりの夫婦《ふうふ》と、二人の子どもが住んでいました。

あるばん、お兄さんのチルチルと、妹のミチルがねようとすると、だれもいないはずの階段《かいだん》の下から、ギーッとドアの開く音がしました。

不思議《ふしぎ》に思った二人が、そっと下へおりていくと、となりの家のベリンゴットさんが、立っているではありませんか。ベリンゴットさんは、むすめと二人でくらしているおばあさんです。

「どうしたの、こんなに夜おそく!」

チルチルがさけぶと、おばあさんは言いました。

「わたしはベリンゴットじゃない。ベリールーンという名のよう精《せい》ですよ。実は、青い鳥をさがしているの。小さい女の子が、重い病気にかかっているのでね。それを治《なお》せるのは青い鳥だけだから。」

「青い鳥なら、ほら、ぼく、飼《か》ってるよ。」

チルチルが言いました。

「わたしのさがしているのはね、もっと青い色の鳥。それで、あなたがたにお願《ねが》いがあるんだけど……。青い鳥を、さがしに行ってほしいの。」

「うん、いいよ。」

チルチルとミチルがうなずくと、ベリールーンは、どこからか、ぼうしを取りだしました。

「さあ、この魔法《まほう》のぼうしをかぶって、前についている、ダイヤモンドを回してごらん。」

チルチルがダイヤを回すと、まあ、不思議《ふしぎ》。家の中がきらきら、宝石《ほうせき》をちりばめたように光りだしたのです。

「それが、この家のほんとうのすがたなの。」

ベリールーンが言ったとき、時計が十二時を指しました。とたんに、時計の中から、二十四人もの小人が、おどりながら飛《と》びだしてきました。

「あれは、だれ？」

チルチルとミチルが、おどろいてたずねると、ベリールーンは答えました。

「あの小人は〝時計の精《せい》〟。喜《よろこ》びと悲しみを運んでくるのです。」

それから、次々と、不思議《ふしぎ》なことが起こりました。

水道のじゃ口から、水が流れだしたり、その水が、花かざりをつけた美しい少女、〝水の精《せい》〟に変《か》わったり……。

次は、ミルクがテーブルの上にあふれだし、楽しそうに、部屋中をぐるぐるおどりはじめました。

さとうつぼからは、〝さとうの精《せい》〟が、笑《わら》いながら飛《と》びだしてきました。そして、食器《しょっき》だなの中からは〝パンの精《せい》〟が、だんろからは〝火の精《せい》〟が飛《と》びだしました。おまけに、ねそべっていた犬とねこまでが、しゃべりだしたのです。
最後《さいご》に出てきたのは、〝光の精《せい》〟でした。

ランプからすーっと飛《と》びだした、まぶしい〝光の精《せい》〟は言いました。

「わたしたちも、あなたがたといっしょに行きましょう。青い鳥をさがす旅にね。できるだけのお手伝《てつだ》いをするわ。」

こうして、チルチルとミチルは、光と火、水とパンとさとう、犬とねこの精《せい》といっしょに、旅に出ました。

長い旅でした。みんなつかれきったころ、道は、すっぽりと、白いきりに包《つつ》まれました。

「さあ、ここから先は、思い出の国。チルチルとミチルだけで、行かなければなりません。」

光の精《せい》が言いました。二人が、おそるおそる進んでいくと、小さな家がありました。そして、家の前には、ずっと前になくなったはずの、なつかしいおじいさんとおばあさんが、立っているではありませんか。

「まあ、おまえたち、大きくなって……。」

おじいさんとおばあさんは、しっかりと二人をだきしめました。

「あたしたち、おじいさんとおばあさんがいなくなってから、とってもさみしかったわ。でも、不思議《ふしぎ》ね。もう死んでしまったと思っていたのに。」

ミチルが言うと、おばあさんが答えました。

「わたしたちのことを、思いだしておくれ。そしたら、いつだって会えるんだよ。いいね。さあ、今日は、おまえたちに、この青い鳥をあげよう。」

「えっ、青い鳥！　わあ、ありがとう。」

チルチルとミチルは、おじいさんとおばあさんに別《わか》れを告《つ》げ、光の精《せい》たちの待つ、思い出の国の入り口へと走っていきました。

「みんな、見て。青い鳥だよ！」

光たちの前で、二人はさけびました。ところが、鳥は知らぬ間に黒く変《か》わって、死んでいたのです。

「残念《ざんねん》だけど、その鳥は、青い鳥ではないわ。もう一度、見つけなくては。」

光の精《せい》が、やさしく言いました。

「でも、どこにいるの。」

ミチルがたずねました。

「夜の宮殿《きゅうでん》をさがしましょう。とても、危険《きけん》な旅になりますよ。なぜなら、夜の宮殿《きゅうでん》は、空の上にあるし、わたしも、火も、水も、ついていけないからよ。光や火は、暗やみへ入ることは許《ゆる》されないし、水はおくびょうだから……。」

光の精《せい》は、続《つづ》けました。

「宮殿《きゅうでん》には、夜の女王がいて、ひみつの部屋のかぎを持っているわ。それを借《か》りて、部屋の中をさがすのよ。」

チルチルとミチルは、パンとさとう、犬とねこを連《つ》れて、夜《よる》の宮殿《きゅうでん》へと向かいました。

雲から雲へ飛《と》びうつり、やっと夜の宮殿《きゅうでん》を見つけると、そこは、とても気味の悪いところでした。黒い大理石や、金でできた宮殿《きゅうでん》の中に、静《しず》まりかえった、暗い大広間がありました。まるで、墓場《はかば》のような感じです。

「おはよう、夜の女王。」

チルチルは、勇気《ゆうき》を出して言いました。

「おはようなんて、ここじゃあ、言わないんだよ。」

　夜の女王が、答えました。

「ぼくたち、青い鳥をさがしているんです。」

「青い鳥だって？　ぼうや、そんなものは、ここにはいないよ。」

　女王は、おこったように言いました。

「ひみつの部屋の、かぎをください。」

　チルチルが、しっかりとした声で言うと、女王はまぶしそうな目をして、しぶしぶかぎをわたしました。

「しょうがない。おまえのぼうしに、魔法《まほう》のダイヤがついてちゃあね。」

　とうとう、チルチルたちは、第一の部屋のかぎを開けたのです。

　とたんに、冷《つめ》たい風がすーっとふいて、おそろしいゆうれいたちのすがたが見えました。ゆうれいたちは、ふわふわ、こっちへやってきます。

「きゃあ、た、助けて！」

パンはさけんでにげだし、ミチルは、泣《な》きだしました。

「たいへん。早くしめろ！」

チルチルとほかの仲間《なかま》たちは、必死《ひっし》にドアをしめました。ここは、『ゆうれいの部屋』だったのです。

がたがたふるえているパンと、こわがるミチルをはげまし、チルチルは、第二の部屋のかぎを開けました。

「わあっ、な、なんだ、これは。」

チルチルは、思わずさけびました。

部屋の中には、おおぜいの兵隊《へいたい》たちがいて、戦争《せんそう》をしていたのです。

ドドーン！　ウォーッ！　大砲《たいほう》の音や、人々のさけび声、悲鳴。ここは『戦《せん》争《そう》の部屋』でした。

「だめだ、しめろ！」

ここにも、青い鳥はいませんでした。

今度は、どんなおそろしいものが出てくるか、びくびくしながら、次のとびらを開けました。

すると、どうでしょう。そこは、なんともいえないほど美しい花園。かがやく星空の下に、そよ風がふき、あまい、あまい花の香《かお》りがただよう、『夢《ゆめ》の部屋』だったのです。

木々の間から、鳥のさえずりが聞こえます。

「見てよ！　すごい、青い鳥だらけだ。ああ、とうとう見つけたぞ、ぼくたち。ほら、こんなにたくさん、青い鳥が飛《と》んでいるよ。」

チルチルは、思わず部屋の中へ飛《と》びこみ、みんなをよびました。すぐに、鳥かごは、青い鳥でいっぱいになりました。

チルチルたちは、急いで夜の宮殿《きゅうでん》を出ると、光たちのところへ向かって、走りだしました。

「やあ、みんな。とうとう見つけたよ、ほら。」

けれど、このとき、青い鳥は、みんな死んでしまっていたのです。

チルチルとミチルは、泣《な》きだしました。

「泣《な》かないで、二人とも。」

光の精《せい》は、やさしくなぐさめました。

「この鳥は、夜の世界でしか、生きられない鳥だったのですよ。光の中で生きられる、ほんとうの青い鳥を、もう一度さがしましょう。」

「これから、どうすればいいの。」

チルチルは、すすり泣《な》きながら光にききました。

「森の中をさがしましょう。森の木にたずねれば、教えてくれるかもしれないわ。」

月の明るい夜です。森のそばまで来ると、チルチルたちは、光と火を外に待たせて、ずんずんおくへ入っていきました。

しげった木の葉が、風にカサカサ音を立てています。チルチルは、まず、オーク*の木に声をかけました。

「ねえ、きみたち、青い鳥を知らないかい。」

「知らないねえ。そんなもの。」

＊オーク…カシワ、クヌギ、コナラなどの仲間《なかま》の木のよび名。

今度は、ミチルが糸すぎ*に話しかけました。

「青い鳥のいるところ、知っていたら教えて。」

でも、糸すぎはきげんの悪い声で、

「知らない。青い鳥なんて。」

と言ったきり、だまりこんでしまいました。

やがて、森の木は、どういうわけか、おこりはじめたのです。リンデン*も、しだれやなぎも、ぷんぷん。しまいには、もみの木が、ほえるような大声で、こうさけびました。

「おまえたち人間《にんげん》ときたら、悪いことばかりするじゃないか。木を切って、火にくべたり、家を造《つく》ったりな。いいか、さっさと出ていけ！」

みんなは、すごすごと、光の精《せい》のところへ、もどっていきました。

次の日、光の精《せい》は、みんなを、『幸せの御殿《ごてん》』へ案内《あんない》しました。

どこからか、気持ちのいい風がふいてきて、なんともいえず清《きよ》らかな、宮殿《きゅうでん》がありました。その向こうに、色とりどりの花がさきみだれる庭が、広がって

＊糸すぎ…ヒノキの仲間の木の名前。
＊リンデン…シナノキ科の落葉高木。

います。

「ほら、ごらんなさい。ここには、〝家にいる幸せ〟たちがいるんです。」

光が言うと、すぐそばに、きらきら光る服を着た、天使のような女の人が歩いてきて、

「こんにちは、みなさん。」

と、にっこりほほえんで通りすぎました。

そのとき、庭にある一けんの家から、小さい子どもたちが、おおぜい飛《と》びだしてくると、チルチルとミチルを囲《かこ》んで、輪《わ》になっておどりだしたのです。

「〝子どもの幸せ〟たちですよ。」

でも、子どもたちは、なぜか急いでいるらしく、すぐどこかへ行ってしまいました。

光は、ゆりかごの赤ちゃんを、あやしている人を指さして、言いました。

「ほら、あそこに、〝お母さんの幸せ〟がいるでしょう。ここには、たくさんの幸せたちがいるんです。〝体がじょうぶな幸せ〟〝春の幸せ〟〝青空の幸せ〟、そ

れから、もっともっとたくさんの幸せたちがね。ああ、あっちには、〝お父さんとお母さんを愛《あい》する幸せ〟がいますよ。」

チルチルは、〝幸せ〟の一人にたずねてみました。

「幸せさん、青い鳥を知りませんか。」

すると、幸せは、不思議《ふしぎ》そうに、こう言いました。

「まあ、青い鳥のいるところを知らないの。」

『幸せの御殿《ごてん》』で、青い鳥を見つけられなかったチルチルたちは、『未来《みらい》の国』へやってきました。

宮殿《きゅうでん》の見えるところまで来ると、光の精《せい》は、立ちどまって言いました。

「ここから先へ行けるのは、チルチルとミチル、それに、火と水とわたしだけ。あとのみんなは、ここで待っていてね。」

やがて、チルチルたちが宮殿《きゅうでん》に入っていくと、中には、おおぜいの子どもたちがいました。

「あの子たちは、未来《みらい》の子。まだ生まれていない子どもなのよ。」

光が、そっとささやきました。

よく見ると、子どもたちは、みな青っぽい色の服を着ています。それに、宮《きゅう》殿《でん》のかべや、柱も、みな不思議《ふしぎ》に青い色をしていました。

「きれいだなあ。こんなにみんな青いんじゃや、青い鳥も見つかるよ、きっと。」

チルチルが言いました。すると、その声を聞きつけて、青い子どもたちが、集まってきました。

「こんにちは。ねえ、ぼくたちの発明を見せてあげるよ。ほら、いっぱいあるでしょう。」

宮殿《きゅうでん》には、すばらしいものがたくさんありました。飛《と》ぶ魚、おどろくほど大きい花、見たこともないようなロボット……。でも、どこをさがしても、青い鳥は見つかりません。

「わたしたち、とうとう、青い鳥を見つけられませんでしたね。」

光の精《せい》が、悲しそうにため息をつきました。

「もう、どこをさがしていいか、わからないわ。家に帰りましょう。」

みんなは、とぼとぼと、森のおくの家へ向かって、歩きました。

やがて、なつかしい家の前まで来ると、中からボンボンボン……。八時を打つ時計の音がひびいてきました。

「ああ、これでもう、お別《わか》れです。」

光の精《せい》のことばに、チルチルもミチルも、みんなも、急に悲しくなって、しくしく泣《な》きだしました。

「さあ、時間よ。中へお入りなさい。」

光の精《せい》は、やさしく、チルチルとミチルをドアの中へおしこみました。

次の朝、二人は、おそくまでねていました。それから、ねぼけまなこで起きあがって、思わず顔を見合わせました。

「あれ、いつもと同じだわ。」

「あのできごとは、夢《ゆめ》だったのかな。」

二人が一階へ下りていくと、おどろいたことに、部屋が、ずいぶんきれいになっていました。

「わあ、すてき。」

二人は思わず、手をつないでおどりだしました。

おどっていたミチルが、とつぜん、鳥かごを指さして、大声を上げました。

「あっ、青い。前より、ずっと鳥が青くなっている！」

チルチルも、びっくりしてさけびました。

「青い鳥だよ！　ぼくたちがさがしていた青い鳥だよ。うちにいたんだ。」

そのとき、ドアをたたく音がしました。

「だれかな。」

チルチルがドアを開けると、となりの家の、ベリンゴットおばあさんが、立っていました。

「おはよう。チルチルとミチル。」

チルチルとミチルは、おどろいて目を丸くしました。

「よう精《せい》のおばあさん、ごめんね。」

思わず、チルチルは、謝《あやま》りました。

「ぼくたち、青い鳥を見つけられなかったんだ。でもね、うちに帰ったら、いたんだよ。ほら、ここに、こんな青い鳥が……。」

おばあさんは、なんのことだかわからないようすで、不思議《ふしぎ》そうな顔をして、言いました。

「そういえば、うちの病気のむすめが、おたくの青い鳥をほしがっているんだよ。あの鳥がいてくれたら、病気が治《なお》るなんて言って。」

チルチルは、鳥かごを取ると、おばあさんにわたしました。

「さあ、早く、この鳥を持ってってあげて。」

「まあ、ありがとう。やさしいね、チルチルは。」

よう精《せい》そっくりのおばあさんは、うれしそうに鳥かごをかかえて、なみだをふきました。

しばらくして、おばあさんはむすめを連《つ》れて、またやってきました。

「おかげで、ほら、こんなに元気になったよ。」

むすめは、青い鳥を手にとまらせ、幸せそうに、にっこりしました。ほおは、ばら色にかがやいています。

「ありがとう。青い鳥をくださって。」

ところが、そのときでした。むすめの手に、おとなしくとまっていた青い鳥が、とつぜん、ぱっと、まいあがったのです。

「あっ、鳥が、青い鳥が！」

さけぶ間もなく、青い鳥は、ぱたぱたと、まどから飛《と》びだし、大空へ向かって、飛《と》んでいってしまいました。

「にげてしまったわ……。」

ベリンゴットさんのむすめは、しくしく泣《な》きだしましたが、チルチルは、やさしく言いました。

「また、見つければいいさ。新しい青い鳥を！」

モーリス・メーテルリンク　一八六二年ベルギーに生まれる。詩人・劇作家。『青い鳥』などによりノーベル文学賞受賞。一九四九年没。
岡　信子（おかのぶこ）　一九三七年岐阜県に生まれる。主な作品に『はなのみち』『リーンローンたぬきバス』『海の見える観覧車』『やさしいにくまれっ子』『おおきなキャベツ』などがある。

出典：『世界子ども名作100　第19巻』所収　学研　1989年

夕立でできた空想の海で出会う、男の子と女の子。

海が消える

作・佐藤《さとう》さとる

絵・ささめやゆき

カズヤは、一人で留守番《るすばん》していました。

もうじきお昼だというのに、まだお母さんは帰ってきません。夏の暑い日差《ひざ》しが急にかげって、すずしい風が、家の中をふきぬけていきました。まごついたように、どこかでひぐらしが鳴きはじめました。

「はらが減《へ》ったなあ。」

ゆかにねそべって、雑誌《ざっし》を読んでいたカズヤは、そんなのん気なことを言って、立ちあがりました。えんがわから見ると、いつの間にか黒い雲が広がっています。

カズヤの家はおかの中ほどにあるので、空が広く見えます。町の向こうの遠い小山が、すっかりかすんでいました。あっちの方は、もう雨がふっているのかもしれません。下町のアスファルトの道を自動車《じどうしゃ》がヘッドライトをつけて走っているのが見えます。

「なんだ、夕立か。」

つぶやきながらサンダルをつっかけて、カズヤは庭へ出ました。真っ黒な雲は、東の方からぐんぐん動いてきます。どこかでゴロゴロと、かみなりの音も聞こえてきました。

「はあ、こりゃすごい。」

カズヤは、そのまま庭に立ってしばらくながめていました。

せまい庭は、*まさきのかきねが取りまいていて、その先はささやぶのがけになっています。かきねの向こうは、おかの下の四階《かい》建《だ》てアパートが見えていました。アパートの古びたコンクリートのかべには、なめくじがはいまわったような、白いすじがついています。これは、ひびわれを直したあとです。

*まさき…日本各《かく》地《ち》の海岸地方に生え、庭木や生けがきとする、高さ約《やく》2～3メートルの木。

カズヤの家は、その四階建《かいだ》てのアパートより、少し高いところにありました。そのために、アパートの屋上がちょっぴり見えます。せんたくものをほしたり、子どものお守りをしたりしている人がいれば、ここからよく見えますし、風向きによっては、話し声がかすかに聞こえることもありました。

五十メートルぐらいははなれているので、目ざわりということはありませんが、カズヤは、このアパートをながめるたびに、おかしなことを考えるくせがついていました。

それは、カズヤの家の庭から、あっちの屋上まで、空中ケーブルカーがついているといいな、というのです。

かきねの外のがけっぷちに、電信柱《でんしんばしら》が一本あって、そこから電線がおかの下へ続《つづ》いています。その電線を、まっすぐアパートまで引いて——といっても、カズヤが頭の中でそう思うだけですが——、それをケーブルに見立てるわけです。

いつごろから、そんなくせがついたのか、カズヤもわすれています。とにかく、アパートをぼんやりながめるとき、カズヤは決まって、ありもしないケーブルカーが、ゆっくり動いていくところを、つい考えてしまいます。

真っ黒な雲が広がっていく下で、今もまた、カズヤは考えました。こっちからあっちまで、見えないケーブルカーがわたってしまうまでずっと考えました。

すると、大つぶの雨が、ぽつんと顔に当たりました。

「そうら、ふってきたぞ。」

声に出して、カズヤは雨を両方の手のひらで受けながら、空を見上げました。

あたりはもうまるで日暮《ひぐ》れのように、すっかり暗くなっていました。しきりにひぐらしが鳴いています。

アパートの屋上にも、ばらばらと人のかげが飛《と》びだしてきて、風にひらひらさせながら、せんたくものを取りいれはじめました。

いきなり、ぴかっと、いなずまが走りました。ほとんど同時に、バリバリバリッと、ものすごいかみなりの音がしました。

「ひゃあ。」

カズヤは、あわてて家の中に飛《と》びこみました。まずえんがわのガラス戸をしめて、茶の間のまどをしめて、自分の部屋のまども、しめに行きました。でも、家中しめきってしまうと、むし暑くてたまりません。そこで、自分の

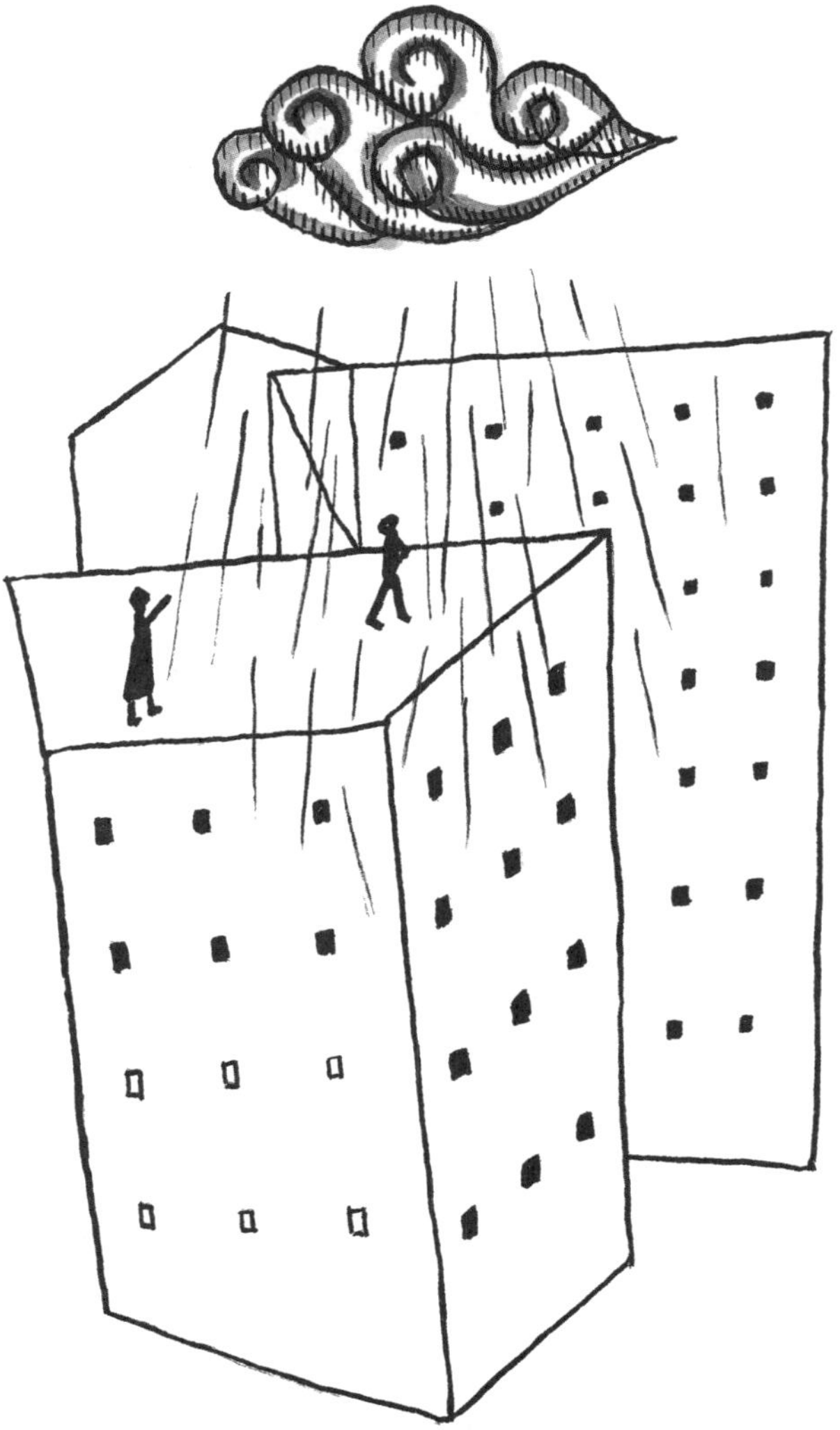

たのです。

部屋のまどだけ開けて、いつでもしめられるように、そこから外をながめてい

真っ黒な雲は、ぎりぎりまで雨をかかえていたいらしく、まだ本式にはふり
だしてきません。

向かいのアパートの屋上を見ると、もう人のすがたは、せんたくものといっ
しょに、消えていました。

(ぼくと同じだ。みんな部屋ににげこんだんだ。)

カズヤがそう思ったとき、うす暗いアパートの屋上で、ちらりと動いたもの
がありました。真っ黄色の服を着た人です。そんな色の服でなければ、カズヤ
もきっと気がつかなかったでしょう。

(あれ、まだだれかいるよ。なにしてるんだろ。)

カズヤは目をこらしました。暗くてよく見えませんが、どうも、小さな女の
子のようでした。顔はもちろんわかりません。両手を後ろに回して、だれもい
ない屋上を、ぶらぶらのん気そうに歩いているようです。

ときどきいなずまが光って、そのあと、かなりはげしくかみなりが鳴るのに、女の子は下へおりようとしません。あの子はこわくないのかあ、と、カズヤは感心して見ていました。

やがて、向こうの女の子は、カズヤの家と、向き合う方へやってきて、屋上の手すりにくっつきました。そんなふうにされると、女の子の背《せ》たけは小さいので、カズヤからは頭しか見えなくなってしまいます。

思わずカズヤは、まどから乗りだして、手を大きくふりました。そんなことをしても、向こうからは見えないだろう、なんて考えていたのですが、おどろいたことに、女の子は、まるでカズヤの合図を待っていたように、すぐさまさっと手をあげて、カズヤにこたえました。

「へえ。」

すっかりゆかいになったカズヤは、手をメガホンのようにして口へ持っていくと、大声を上げました。

「おおい。」

でも、どっちみちその声は、女の子の耳までとどかなかったでしょう。というのは、カズヤがどなったとたんに、こらえきれなくなったような雨が、どっとふりだしたからです。

それからはもう、むやみと、ものすごい夕立でした。さすがのカズヤも、あわててまどをしめました。向かいのアパートも、たちまち雨のカーテンにかくれて、見えなくなりました。耳をふさぎたくなるほどひどい雨音のために、かみなりの音でさえ、かき消《け》されてしまいました。

アパートどころか、すぐ目の前のまさきのかきねまで、きりがかかったように、うすくなったのです。

(こんなすごい雨がずっと続《つづ》いたら、たちまち大水が出て、下町なんか、すっぽりしずんでしまうぞ。)

どぎもをぬかれたカズヤは、そんなことを考えました。そして、もし水がぐんぐんたまって、庭先まで上がってきたら、どうなるだろう、と思いました。

(きっと、海と同じだ。ぼくの家の前が、海みたいになって、このおかは小島になるかもしれないな。)

ふいに、雨の音が遠くなりました。と思うと、またざあっと聞こえました。そしてすぐにまた、すっと音がしなくなり、また聞こえます。何度も何度もそんなことをくりかえしています。

カズヤは、まどに鼻をくっつけて外を見ていましたが、あいかわらずのどしゃぶりです。それなのに、雨の音だけは、大きくなったり小さくなったり、ゆれ動いています。

(まるで波のようだ。)

そう思ったとき、カズヤは、なにか変《か》わったことが起きているのかもしれない、という気が強くしました。なぜだかわかりませんが、そんなふうに感じて、むねがどきどきしたのです。

カズヤは、一気にまどを引きあけました。さっと、まぶしい青い光がさしこんできました。

ぎょっとしたカズヤは、あわててまどをしめかけました。でも、半分しめたところでやめて、また静《しず》かに開けたのです。

目の下には、たった今カズヤが考えたとおり、まちがいなく、大きな海が、きらきらと広がっていました。

カズヤは、口をぽかんと開けて、庭のまさきのかきねのあたりを、見つめました。そこには、ざあっ、ざあっと、白いゆるやかな波が打ちよせていました。

(雨はどこへ行ったんだ。あのすごい夕立は……。)

空を見ると、真っ青に晴れわたっています。今まで見たこともないような、きれいな青い空でした。

「やっぱり海なんだ。」

はじめはおどろいたカズヤでしたが、なんだか当り前のような気がしてきました。この海は前からずっとあったのに、今まで気がつかなかっただけだ、なんて思ってしまうのです。

でも、一つだけわからないことがありました。正面の沖《おき》に、真ん丸の大きな大きなボールがういていることでした。

カズヤは、じっとしていられなくなって、まどから飛《と》びだしました。もちろん、はだしのままです。

庭先まで走っていって、まさきのかきねのすきまから、そっとのぞいてみました。

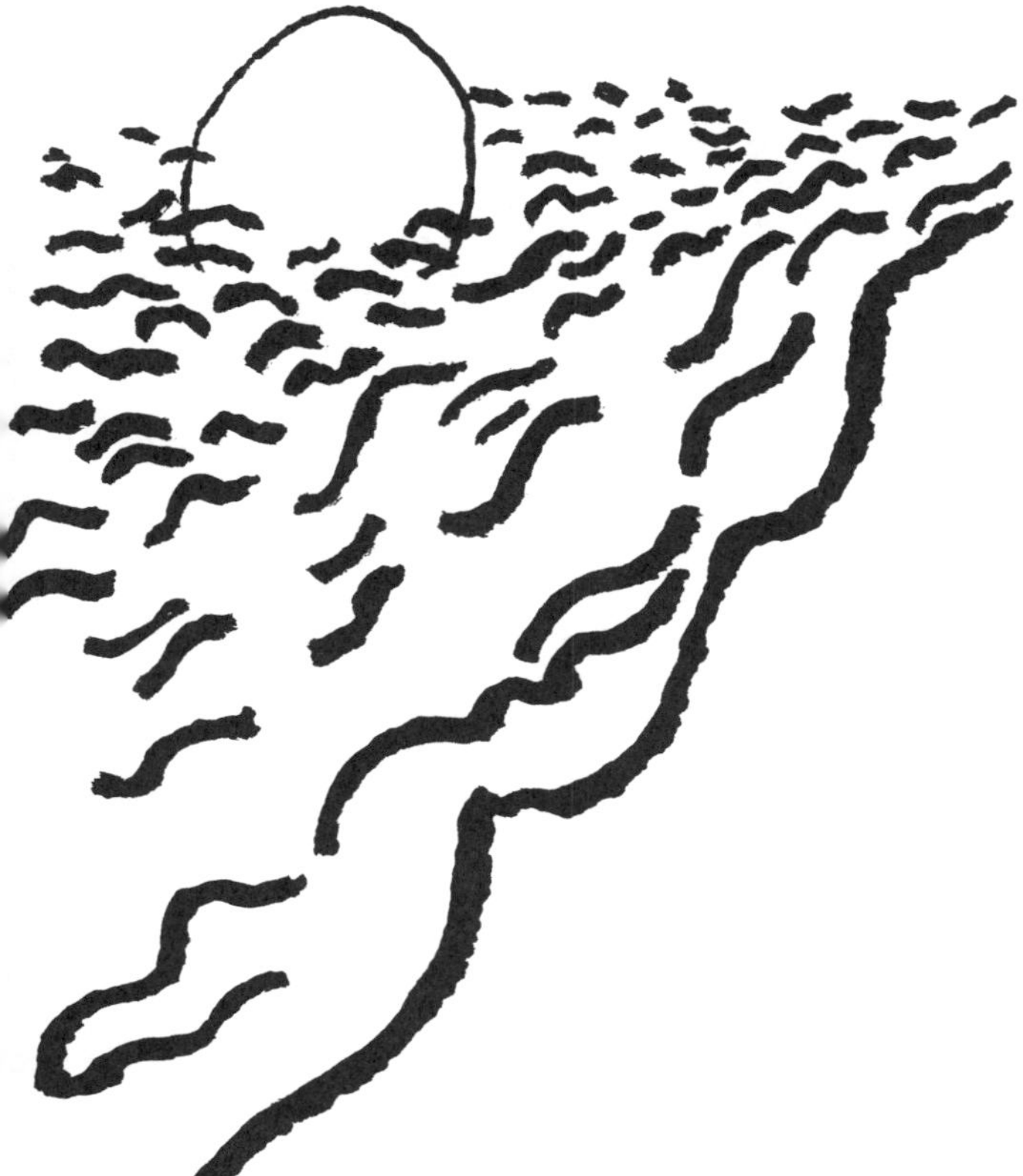

まちがいなく、海はそこまできています。おだやかな波が、ザブンザブンと打ちよせていて、ささやぶが、白いあわの中でゆらゆらゆれていました。

不思議《ふしぎ》なことに、すきとおった水の底《そこ》には、今までどおりの町がありました。かすかにアスファルトの道が見えましたし、すいっすいっと、自動車が走るのも見えました。やっぱりヘッドライトをつけています。水が光ってはっきりしませんが、あの古い四階建《かいだ》てアパートも、たぶん水の中にあるのでしょう。

そのとき、ふいにカズヤは気がつきました。真ん丸のボールは、アパートの屋上に取りつけてあった、水道のタンクです。いつも見慣《みな》れているのに、それだけが、ぽっかり水の上に出ていたものですから、カズヤにもわからなかったのでした。

この水の中には、ちゃんと人間がいるのに――それでなければ、自動車が走るはずはありません――水の上には、だれもいないようでした。カズヤは、あたりをぐるっと見回しました。今出てきたばかりのカズヤの家が、いつの間にか大きな岩のかたまりに変《か》わっていて、まどのあったところだけ、ぽっかりと四角いほらあなが開いていました。

あわてて カズヤは、かけもどりました。そして、ほらあなをのぞきこんでみました。うれしいことに、ほらあなの中は、前のとおり、まちがいなく、カズヤの部屋でした。

「へええ、よくできてるなあ。」

安心したカズヤは、わけがわからないままに、そんなことをつぶやいて、庭をながめました。

うらの山では、雑木林《ぞうきばやし》が風にサワサワと鳴っていました。けれども、せみの声もしないし、すずめも見えません。どうやらちょうもとんぼもいないようです。

「ぼくだけ……なのか。」

こんな広いきれいな景色《けしき》の中で、ほんとうに生きものはカズヤひとりなのでしょうか。

(うん、きっとそうだ。ここはぼくひとりの海なんだ。だって、ぼくが海みたいになるかもしれないって考えたとたんに、海になったんだからね。ぼくが考えた海だから、ぼくの海だ。)

ところが、カズヤひとりの海ではありませんでした。

そのとき、左の山のかげから、いきなり小ぶねが一そうすべりだしてきたのです。小ぶねといっても、それはボートではなく、南洋の人たちが使うような、カヌーでした。片側《かたがわ》にうきを取りつけて、ひっくりかえらないようにした、小さなカヌーだったのです。

カズヤは、思わずまさきのかげにかくれました。あまり近くに、現《あらわ》れたからでした。でも、そのカヌーをこいでいる人を見て、目を丸くしました。

黄色い服を着た、おさげの女の子だったのです。この子は、もしかしたら、ついさっきまで、アパートの屋上にいた子ではないでしょうか。とにかく、カズヤの知らない顔です。

「おーい。」

自分で知らないうちに、カズヤは波打ち際《ぎわ》へ飛《と》びだして、声をかけていました。

女の子は、ちらりと横目でカズヤを見ましたが、おどろいたようすもなく、せっせとかいを動かして、そのまま通りすぎようとしました。

「きみ、おい、待ってくれよ。」

カズヤはあわててよびとめました。

「きみはいったい、どこのだれなんだい。」

すると、女の子は、手際《てぎわ》良くくるりとカヌーを回して、カズヤの正面に止まりました。それから、こんなことを言いました。

「あんたでしょ、いつもケーブルカーを動かす人は。」

「えっ。」

カズヤはあっけにとられました。ケーブルカーのことを考えたことはありますが、ほんとうに動かしたことなんかありません。

「ぼ、ぼく、知らないよ、ケーブルカーなんて……。」

「うそ、しょっちゅうケーブルカーを走らせるじゃないの。」

「どこで。」

「ここよ。ここから、あっちへ。」

女の子は、丸い水道タンクの方を指さしました。

「だけど、変《へん》だなあ、ぼくはケーブルカーのことなんて、ただ考えるだけだぞ。」

それを聞くと、カヌーをひとこぎこいで、女の子は岸へ近寄《ちかよ》りました。そして、おかしそうに笑《わら》いました。

「そんなこと言ってもだめ。あんた、しょっちゅうケーブルカーを走らせているくせに、かくしたってだめよ。」

「かくしてなんかいないよ。」

どうやらこの女の子は、カズヤの頭の中を見通しているようです。しかたがないので、カズヤは話を変《か》えました。

「この海のこと、きみはよく知っているのかい。」

「ええ、もちろん。ずっと前から、あたし、この海を知ってたわ。だから、ほら、カヌーもちゃんと用意してあるの。」

「ふうん。」

カズヤはすっかり感心しました。まったく不思議《ふしぎ》な子です。

「でもね。」

そう言いかけて、にこにこしました。

「この海へほかの人が来たのは、あんたがはじめてよ。」

「ふうん。」

「さっきあんた、まどからあたしに手をふったでしょ。」

「うん。」

「だからあたし、あんたをよんであげたの。」

「へええ。」

なにがなんだか、カズヤにはさっぱりわかりませんでしたが、とにかく、よんでもらってよかったな、と思いました。

「ぼくも、そのカヌーに乗せてくれよ。せっかく来たんだから。」

「だめ。」

女の子は、ぴしゃりと言いました。そのときは、とても意地悪に見えました。

「なんだい、けち。乗せてくれたっていいじゃないか。」

「だめ。だって、これは一人乗りのカヌーだもの。」

そう言うと、また、ぐいっぐいっとかいをこいで、カヌーを回しました。すっかり慣《な》れているとみえて、あざやかなうでまえでした。

「じゃあね。また、いつか会いましょう。」

片手《かたて》をふって、女の子は、そんな大人《おとな》っぽいあいさつをしました。

「きみ、どこへ行くの。」

大急ぎで、カズヤはたずねましたが、相手は答えずに、こんなことを言いました。

「あんた、こっちからあっちへばかり動かさないで、たまには、あっちからこっちへも、動かしてね。」

「なにを動かすの。」

カズヤがききかえすと、女の子は、キラキラ——カズヤはそんなふうに感じたのですが――した声で笑《わら》いました。

「ばかね、ケーブルカーよ。」

ぽかんと口を開けたまま、カズヤは思いました。

(そうか。そういえば、ぼくはケーブルカーのことを考えるとき、いつも向こうへ行くだけだった。)

その間に、女の子は、カヌーをたくみにあやつって、まっすぐ沖《おき》へ帰っていきました。カズヤは、ずっと見送っていましたが、女の子は一度もふりかえりませんでした。

やがてカヌーは、丸い水道タンクの後ろへ回りこんで、それっきりすがたを現《あらわ》さなかったのです。

はあっと、カズヤはため息をついて、ゆっくり家の方へもどりました。

岩にぽっかり開いた、四角いほらあなからもぐりこむと、中はカズヤの部屋でした。

まどから青い光がさしこんでいて、そのまどの向こうには、あいかわらずまぶしい海が見えます。

しばらくの間、カズヤがながめていると、だんだん水の色はかがやきをなくしていって、白っぽく変《か》わりはじめました。それから、なまり色に変《か》わり、少しずつ、氷がとけるように、うすくなっていきました。

（ああ、海が消える。）

カズヤは、わけもなくむねのおくがいたむように思いました。せっかくの海が消えてしまうところなんか、見ていたくないと思い、急いでまどをしめたのです。

とたんに、ザーッと雨の音が聞こえました。まどガラスの向こうは、いくらか小ぶりになった夕立が見えていました。いつもの見慣《みな》れた景色《けしき》にもどって、暗かった空も、どうやら明るくなっています。

やがて雲が散《ち》りはじめました。向かいのアパートも、今でははっきりと見えます。

思いきって、またガラスまどを開けました。今度は、別《べつ》に変《か》わったことは起きませんでした。あっちの屋上に、先ほどの女の子がいやしないかと、カズヤは目を細めて見ましたが、そこにはだれもいませんでした。

すぐにでも家を飛《と》びだして、アパートへあの子をさがしに行きたいと、カズヤは思いました。留守番《るすばん》をしているのでなければ、きっとそうしたでしょう。

(あいつ、もっとほかに、いろいろなことを知っているにちがいない。)

とっつかまえてぜひききだしたいと、カズヤはうずうずしていました。

(お母さんたら、なにしてんだろ。早く帰ってくればいいのに。)

まどの前で、カズヤは、立ったりすわったりしました。夕立は、もうほとんどやんで、さっと日光がかがやきました。あんなひどい夕立があったなんて、うそみたいに、夏の太陽が照《て》りつけました。庭先のまさきも、雨のしずくをまぶしくはねかえして、いきいきと見えました。

すずしい風がふきこんできて、せみの声がいっせいにわきあがりました。

ふとカズヤは、目が覚《さ》めたように、大きく息をすいこんで、ううんとのびをしました。それから、ひとりごとを言いました。

「ああ、それにしてもはらが減《へ》ったなあ。」

そして、えんがわの戸を開けに、元気よく立っていきました。

もし、そのときすぐ、カズヤがアパートまで女の子をさがしに行ったら、会えたでしょうか。会えたかもしれませんし、会えなかったかもしれません。

昼ご飯《はん》のあと、カズヤはアパートまで出かけていって、近くで遊んでいたアパートの子どもにたずねたのですが、そんな女の子がいるんだかいないんだか、さっぱりわからなかったのは確《たし》かです。


佐藤さとる（さとうさとる） 一九二八年神奈川県に生まれる。主な作品に『だれも知らない小さな国』（毎日出版文化賞）、『おばあさんのひこうき』（野間児童文芸賞）、『本朝奇談天狗童子』（赤い鳥文学賞）などがある。二〇一七年没。

出典：『4年の読み物特集』所収　学研　1974年

クラスのみんなが見ているのに、自分だけがその「ゆめ」を見られなかったら……。

飛《と》ぶゆめ

作・三田村信行《みたむらのぶゆき》

絵・篠崎三朗《しのざきみつお》

大助《だいすけ》と友太《ゆうた》は親友だ。一年のときからいっしょのクラス。家も近所なので、朝はいつも二人で学校に行く。

学校に着くまでの十分間、二人はいろいろなことを話す。勉強のこと、先生のこと、友だちのうわさ、女の子のことなどなどなど。

ところが、ここ二週間ばかり、二人の話題はたった一つしかなかった。

「まだか？」

「まだだ。」

朝、顔を合わせると、どちらからともなく、そんなことばが二人の口から飛《と》びだす。そしてそのあとは、ながーいため息。ときどき、

「どうして、おれたちだけが、だめなんだ。」

「まったくだよなあ。」

「なんにも悪いこと、してないのにさあ。」

「くそっ。」

ため息にまじって、そんなぐちが出る。このごろでは、そのぐちも出なくなり、ただ顔を見合わせてため息をつくばかり。学校に着くまで、二人ともむっつりとだまりこくって歩く。なまりのくつでもはいているように、足が重たい。クラスのみんなと顔を合わせたくない。できれば、校門のところでくるりと背《せ》を向けて、どこかへ行ってしまいたい――そんな気分の毎日だった。

ことの起こりというか、始まりは、二週間前、クラスメートの沢田健一《さわだけんいち》が、

「ゆうべ、おれ、空を飛《と》ぶゆめを見たよ。」

と言ったことからだった。

「あら、あたしなんか、もう何回も見ているわ。」

吉川《よしかわ》マリが得意《とくい》そうに言い、

「そういえば、おれもこの前《まえ》、見たっけ。」

成松勇二《なりまつゆうじ》が続《つづ》いて言った。すると、

「あたしだって、見たわ。」

「おれだって。」

みんな口々に言いだし、クラスの半分以上《いじょう》が、これまでに空を飛《と》ぶゆめを見ていることがわかった。

それだけだったら、なんてことはなかった。あくる日から三人、五人と、空を飛《と》んだゆめを見た者が続《つづ》けざまに出てきて、話がおかしくなってきた。つまり、空を飛《と》ぶゆめを見ることが、はやりみたいになってしまったのだ。見た者は見た者同士《どうし》でかたまって、そのゆめがどんなに楽しくすばらしかったかを語りあった。そして、

「おまえ、まだ見てないのかよう。話になんねえな。」

「あんなすてきなゆめを見てないなんて、かわいそうねえ。」

などと、見てない者はだんだん仲間《なかま》はずれにされていった。空を飛《と》ぶゆめを見た者はその後も増《ふ》えつづけて、二週間後には、見てない者はクラスで友太《ゆうた》と大助《だいすけ》の二人だけになってしまった。二人はあせった。二人で示《しめ》しあわせて、「見たよ」とうそをついてみたが、みんなにゆめの内容《ないよう》を問いただされて、うそはばれてしまった。

とにかく、実際《じっさい》に空を飛《と》ぶゆめを見ないことには、みんなの仲間《なかま》に入れないのだ。

「まだか?」

「まだだ。」

二人が顔を合わせるとそう言いあうようになったのは、それからのことだった。

そしてある日、大助《だいすけ》がひそかにおそれていたことが起こった。その朝、顔を合わせたとたん、大助《だいすけ》は友太《ゆうた》のようすがいつもとちがっているのに気がついた。なんだかうれしそうに、にやにやしているのだ。

「どうしたんだよ。例のゆめを見たのか?」

大助《だいすけ》がきくと、

「い、いや、そうじゃないけど……。」

口ごもりながら、あわてて目をそらす。そのくせ、口元はゆるみっぱなしなのだ。

そして、

「悪いけど、おれ、先に行くよ。」

と言ったかと思うと、大助《だいすけ》を置《お》きざりにして、かけていってしまった。その足取りの軽いこと軽いこと!

おくれて学校に着いた大助《だいすけ》が、教室に入っていくと、友太《ゆうた》はみんなに囲《かこ》まれて、しきりになにかしゃべっていた。みんなにこにこ笑《わら》いながら、友太《ゆうた》の手をにぎったり、肩《かた》をたたいたりしている。友太《ゆうた》は、ひとしきりしゃべりおえると、大助《だいすけ》をふりかえり、ごめんというように片手《かたて》を顔の前に上げた。

（ちきしょう！　友太《ゆうた》のやつ、とうとう空飛《と》ぶゆめを見たんだ……！）

大助《だいすけ》は、うらぎられたような気持ちになって、目の前が真っ暗になった。これで、空を飛《と》ぶゆめを見ないのは、クラスで大助《だいすけ》ただ一人になってしまった。

その夜、大助《だいすけ》は、必死《ひっし》になって空を飛《と》ぶゆめを見ようとした。学校の帰りに友太《ゆうた》が、今朝《けさ》のことをあやまって、いいことを教えてくれた。

「つまりさあ、どこか高いところに登るゆめを見ればいいんだよ。そしてそこから思いきって飛《と》びおりるんだ。」

友太《ゆうた》は、ゆうべ、三十メートルぐらいもあるスギの木に登るゆめを見た。てっぺんまで登りつき、思いきって両手を広げて飛《と》びおりた。すると、ふわりと体がうき、風に乗ってグライダーのように飛《と》ぶことができたという。

「だからさ、なにがなんでも、高いところに登るゆめを見るんだ。それが第一歩さ。」

友太《ゆうた》は、十段《だん》のとび箱がとべたときのような口のきき方をした。くそっ、せんぱいぶりやがってと思ったが、このままひとりぼっちになるのはぜったいにいやだ。大助《だいすけ》はぐっと気持ちをおさえて、友太《ゆうた》の忠告《ちゅうこく》にしたがった。「神様、どうか高いところに登るゆめを見させてください」といのりながら、ベッドに入ったのだった。

おいのりの効《き》き目《め》があったのか、大助《だいすけ》は高いところに登ったゆめを見た。自分ちの屋根の上だった。地上からせいぜい七、八メートルぐらいしかない。大助《だいすけ》はがっかりしたが、たしかに高いところにはちがいない。

「ま、いいか。」

あきらめて、屋根のはしまで行き、両手を広げて空中にダイビングした……と思ったとたん、

「いてててててて！」

いたさに大助《だいすけ》は目を覚《さ》ました。ベッドからころがり落ちていた。

「くそっ、屋根の上なんかじゃだめだ。もっと高いところじゃなきゃ。」

大助《だいすけ》は、こしをさすりながら起きあがると、再《ふたた》びベッドにもぐりこんだ。

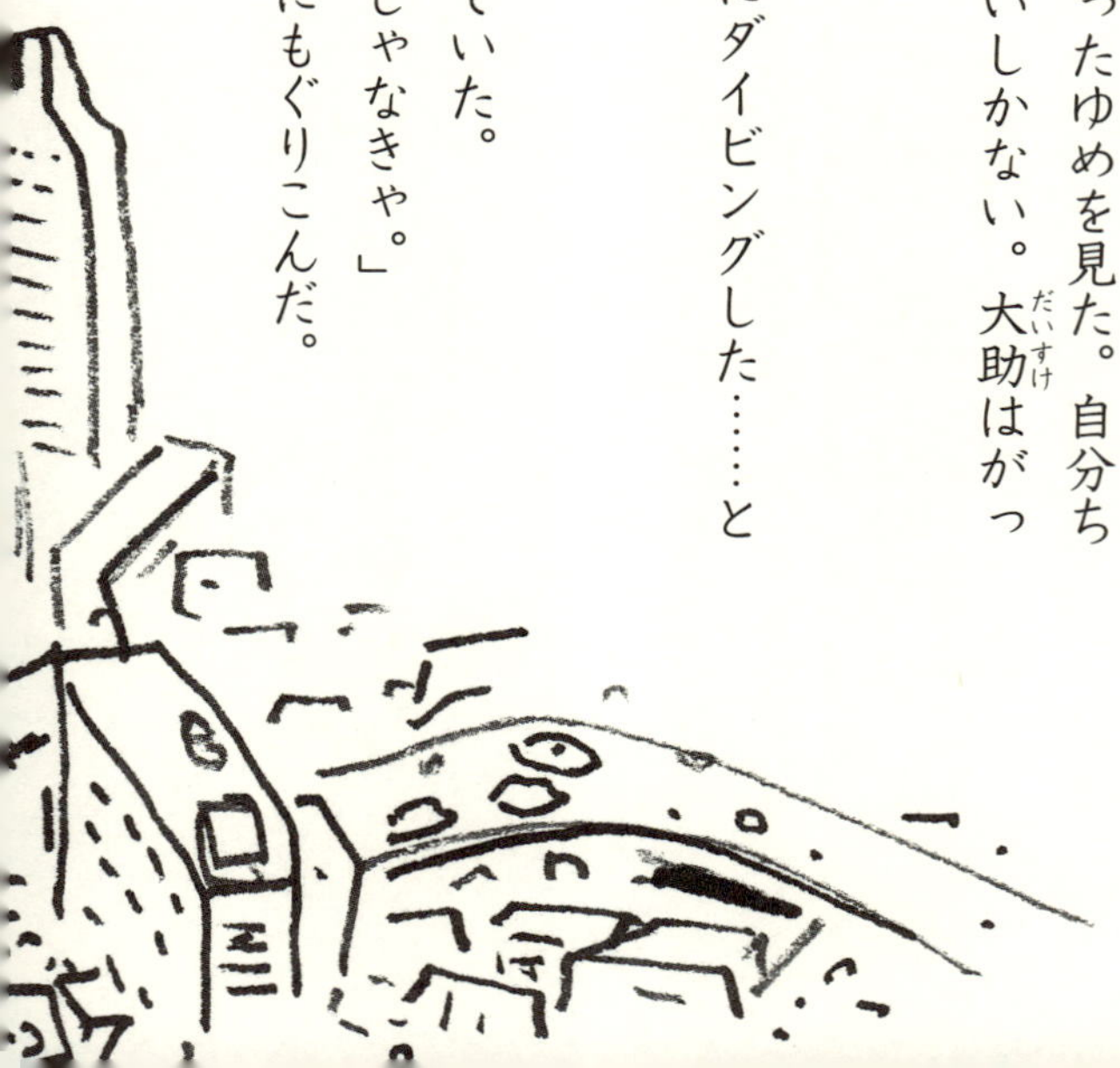

次に見たゆめは、東京《とうきょう》タワーに上ったゆめだった。大助《だいすけ》は、てっぺん近くにキングコングのようにへばりついていた。

「いいぞ。ここからならうまくいきそうだ。」

下を見おろすと、人も車も豆つぶみたいに見える。びゅーっと強い風がふきつけてきて、タワーの鉄骨《てっこつ》から引きちぎられそうだ。少しこわかったが、どうせゆめなんだからと、思いきって手をはなした。大助《だいすけ》は石のように落下していった。あわてて両手を広げてばたばたやってみたが、落下は止まらない。豆つぶのようだった人や車が、こけしとラジコンぐらいの大きさになり、みるみるうちにさらに大きくなっていく。

ふいに落下が止まった。がくんと体がひとゆれして、次のしゅんかん、上へ上へと上りはじめた。

「やったあ！」

大助《だいすけ》はかん声《せい》を上げた。が、なんだかおかしい。頭の上でやかましい音がする。

大助《だいすけ》は上を見上げた。一台のヘリコプターがばく音をたてながら頭上をまっていた。

その下から太いつながたれさがり、つなの先につけたフックに大助《だいすけ》はつりさげられていたのだった。

そこで目が覚《さ》めた。パジャマのすそが、ベッドのたな板からつきでたくぎに引っかかっていた。

「ちぇっ、もうちょっとだったのになあ。」

大助《だいすけ》は舌打《したう》ちして、またベッドにもぐりこんだ。

三度目のゆめで、大助《だいすけ》は海辺《うみべ》のがけの上に立っていた。高いがけで、はるか下に白い波がはげしく打ちよせている。そこまで五十メートルくらいはあるだろうか。

海はうねりながら目のとどくかぎりどこまでも続《つづ》いていた。入道雲が水平線で海にとけこみ、白いカモメが、カウカウと鳴きながらゆったりと海面をまっていた。

「今度はだいじょうぶそうだな。」

大助《だいすけ》はむねがどきどきしてきた。このがけから飛《と》びだせば、あのカモメのようにゆうがに空をまうことができそうだ。大助《だいすけ》は大きく深呼吸《しんこきゅう》し、両手をつばさのように広げてがけから身を投げた。……そして、ついらくする飛行機《ひこうき》のように、まっさかさまに海につっこんでいった。

大助《だいすけ》は目を覚《さ》ました。頭がずぶぬれだった。ベッドのわきに置《お》いておいた水差《みずさ》しをひっくりかえしていたのだ。そろそろ夜明けが近いらしく、まどのあたりが白んでいる。

「もういいや。どうやらぼくは、空を飛《と》べないようにできてるんだ……。」

大助《だいすけ》はあきらめて、シーツで頭をふくと、目をとじた。しばらくうとうとしているうちに、またゆめの中にさそいこまれていった。大助《だいすけ》は、色とりどりにさきみだれるお花畑にねっころがっていた。かぐわしいにおいがあたりにただよい、白や黄色のチョウが花から花へと飛《と》びまわっている。空は青く晴れあがり、あたたかい日差《ざ》しが大助《だいすけ》をやわらかく包《つつ》んでいた。

「ああ、いい気持ちだ。空を飛《と》ぶより、こういうところにいたほうがよっぽどいいや。」

すっかり気分が良《よ》くなった大助《だいすけ》は、花の香《かお》りをむねいっぱいにすいこんで、ゆっくりとはきだした。と、そのしゅんかん、大助《だいすけ》の体がふわりとうきあがった。

「なんだ、なんだ、どうしたんだ……！」

大助《だいすけ》はあわてて体を起こした。お花畑が目の下に見える。そして、体はちゅうにういている。

「なんだい、こんなかんたんなことだったのか。」

大助《だいすけ》はうれしくなって、また大きく息をすいこんで、はきだした。体はさらに上へと上っていった。そのとき、

「おーい、大助《だいすけ》、こっちへ来いよう。」

だれかのよぶ声がした。見ると、お花畑の向こうの空で、友太《ゆうた》が手招《てまね》きしていた。友太《ゆうた》だけじゃない。健一《けんいち》もいた。マリもいた。いや、クラス中の者がいた。みんな空にうかび、にこにこ笑《わら》いながら大助《だいすけ》に手をふっている。

「いま、行くぞう！」

大助《だいすけ》は、両手を思いっきり広げ、みんなの方に向かって、ゆっくりと飛《と》んでいった。


三田村信行（みたむらのぶゆき） 一九三九年東京都に生まれる。主な作品に『おとうさんがいっぱい』、『風の陰陽師』（日本児童文学者協会賞）、「キャベたまたんてい」シリーズなどがある。

出典：『5年の読み物特集㊤』所収　学研　1992年

商店街《しょうてんがい》に占《うらな》いのお店を出させたい、わたしのマジック作戦《さくせん》。

魔術師《マジシャン》とよばれた男
〜虹北商店街《こうほくしょうてんがい》の事件簿《じけんぼ》〜

作・はやみねかおる

絵・大庭賢哉《おおばけんや》

ため息の街角《まちかど》

足元を、冷《つめ》たい北風がピューとかけぬけていく。それ以上《いじょう》に冷《つめ》たい〝*不況《ふきょう》〟という風が、この虹北商店《こうほくしょうてん》街《がい》をふきあれている。

「あ〜ぁ……。」

わたしのため息も、不況風《ふきょうかぜ》の前では、なんの効果《こうか》もない。

まったく、こまったもんだわ……。

わたし、野村響子《のむらきょうこ》。小学校五年生。少し自己《じこ》しょうかいさせてもらうわね。

好《す》きな科目は、図工と理科。音楽は、得意《とくい》だけど好《す》きじゃない。

身長は、せの順《じゅん》でならんだとき列の前から数えたほうが早いくらい。

顔は、いたってふつう。アイドル歌手にまちがわれたことは、生まれてから一度もない。

家は、この虹北商店街《こうほくしょうてんがい》でケーキ屋さんをやっている。わたしの父は、虹北商店街振興組合《こうほくしょうてんがいしんこうくみあい》の組合長だ。

虹北商店街《こうほくしょうてんがい》は、ずいぶん昔からある商店街《しょうてんがい》だ。でも、ほかの商店街《しょうてんがい》と同じで、虹北商店街《こうほくしょうてんがい》にも、やっぱり不況《ふきょう》の風はふいている。父は、

「ケーキがさっぱり売れんなぁ。こんな不況《ふきょう》のときは、景気《けいき》よくケーキでも食べたほうがいいのになぁ。」

って、不況風《ふきょうかぜ》よりも寒いシャレを言って、自分で落ちこんでいる。

あ～ぁ……。

わたしは、もう一度ため息をつくと、*バイエルの入ったカバンを持ちなおした。

ため息の原因《げんいん》は、不況以外《ふきょういがい》にもう一つある。さっきも書いたけど、わたしは

＊不況《ふきょう》…景気《けいき》が悪いこと。
＊バイエル…ピアノの初級用教則本《しょきゅうようきょうそくぼん》。

音楽がきらい。どうしてきらいかっていうと、無理《むり》に習わされてるピアノのせい。なんとか、二時間の練習を終えて帰ってきたものの、また次のレッスンは、やってくる。

あ〜ぁ……。

あれ？　今、ため息がハモらなかった？

場所は、わたしの家の前。白をベースにしたショートケーキみたいな建物《たてもの》。『ケーキ屋さん』という名前のケーキ屋。

そして、わたしの家の向かいには、おもちゃ屋の『ビッグ・トップ』。その店の前に、いすをならべて男の人が二人、ため息をついている。

一人は『ビッグ・トップ』のご主人、高林《たかばやし》さんだ。やさしい目をしたおじさん。そのとなりにいる人は、高林《たかばやし》さんよりかなり年を取っている。おじいさんって言ってもいいくらい。全体のイメージは、黒。シャツもくつも黒い。後ろで束《たば》ねた長い髪《かみ》だけが、銀色をしている。この商店街《しょうてんがい》では、見かけない人。

「どうしたの？」

わたしは、高林《たかばやし》さんにきいた。

「ああ、響子《きょうこ》ちゃんか。実は、こまってるんだ。」

「お客さんが、来ないの？」

それなら、『ビッグ・トップ』だけの問題じゃなく、虹北商店街《こうほくしょうてんがい》全体の問題だ。

「そうじゃなくてね……。この池口《いけぐち》さんのことなんだ。」

高林《たかばやし》さんの横で、黒のおじいさん——池口《いけぐち》さんが、ぺこんと礼をする。

「池口《いけぐち》さんは、占《うらな》いの仕事をしてるんだ。いつも駅前につくえを出して占《うらな》いをしてたんだけど、駅前の工事で、お店が出せなくなってね。そこで、工事が終わるまでの一か月間、この虹北商店街《こうほくしょうてんがい》で占《うらな》いのお店を出そうと思ったんだけど……。」

ここで、高林《たかばやし》さんと池口《いけぐち》さんが、同時にため息をつく。

「お店を出すのを反対してる人がいるんだ。」

「どうしてよ。占《うらな》いのお店なんて、つくえ一つ分のスペースがあったらいいだけなのに！」

頭にきた、わたしが言う。

「それがね、その反対している人は、『占《うらな》いみたいないかがわしいものは、この虹北商店街《こうほくしょうてんがい》に合わない！　あんなものは、当たりっこない！』って言うんだよ。」

占《うらな》いが、いかがわしい？　そんなことは、ぜったいにない！　わたしは、雑《ざっ》誌《し》とかにのってる星占《ほしうらな》いが大好《だいす》きよ！

「だれよ、そんなバカげたこと言うのは！」

わたしがきくと、高林《たかばやし》さんが声を低《ひく》くして、言った。

「虹北商店街振興組合《こうほくしょうてんがいしんこうくみあい》の組合長さん。」

「組合長ってことは……うちのお父さん……？」

うなずく高林《たかばやし》さん。

……なるほど……。

たしかに、わたしの父なら、「占《うらな》いはいかがわしい！」って言いそうだ。なんせ、筋金入《すじがねい》りのがんこ者で、曲がったことは大きらいって性格《せいかく》。なんせ、ケーキ屋さんに『ケーキ屋さん』って名前をつけるくらいだから……。

「お父さんなら……反対するでしょうね……。」

ここで、わたし、高林《たかばやし》さん、池口《いけぐち》さんが、同時にため息をつく。

あ～ぁ……。

「まぁ、占《うらな》いがいかがわしいって言われたら、そうかもしれませんね。」

池口《いけぐち》さんの悲しそうな声。

「わたしは、占《うらな》うっていうより、お客さんのなやみを聞いていっしょに考えたりするくらいしかできませんから……。魔法使《まほうつか》いみたいに、なんでも見通せるような能力《のうりょく》があったらいいのですが……。」

魔法使《まほうつか》い！　その言葉で、わたしの頭にひらめいたものがある。

「池口《いけぐち》さん、だいじょうぶ！　池口《いけぐち》さんが魔法使《まほうつか》いみたいにすごい占《うらな》い師《し》だってことを、お父さんに見せたら、ぜったいにお父さんだってお店を出すのを許《ゆる》してくれるわよ！」

TOP
ORLD MINI CAR

「でも……わたしは、そんなすごい占《うらな》い師《し》ではありません……。」

「だいじょうぶ！　わたしに任《まか》せて！」

そう言って、わたしは、あっけに取られてる二人を残《のこ》して、かけだした。

目的地《もくてきち》は、『虹北堂《こうほくどう》』――。

魔術師《マジシャン》は五年生

『虹北堂《こうほくどう》』は、古本屋さん。虹北商店街《こうほくしょうてんがい》で、いちばん古いお店。

全速力で走って、お店の前で急ブレーキをかけたら、

「響子《きょうこ》ちゃん、今なら読みたい本もないし、相談事《そうだんごと》にのってあげられるよ。」

わたしは、『虹北堂《こうほくどう》』の中から声をかけられた。

電気のついてない店内をよく見ると、本だながならんだ店のおく――一段《だん》高くなったざしきのところに、声の主がすわっていた。

虹北恭助《こうほくきょうすけ》。

魔法使《まほうつか》いって言葉で、わたしは彼《かれ》のことを思いだした。そう、彼《かれ》はわたしたちから『魔術師《マジシャン》』ってあだ名でよばれてる。

年は、わたしと同じ。小学校五年生。虹北商店街《こうほくしょうてんがい》一古いお店にいるだけあって、この商店街《しょうてんがい》のことなら、だれよりもよく知っている。

恭助《きょうすけ》は、気が向かないと、お店からは出ない。だから、恭助《きょうすけ》はすごく色白だ。髪《かみ》も、ほったらかしだから、とても長い。少し赤みがかった髪《かみ》を、後ろでまとめている。ふだんは、ねているのか起きているのかわからないくらい細い目。ページをめくる長い指。

古本屋のおくでざぶとんにすわり、ゆったりと本のページをめくっている恭《きょう》助《すけ》は、たくさんの宝石《ほうせき》に囲《かこ》まれて満足《まんぞく》しているお金持ちのマダムみたいだ。

で、この恭助《きょうすけ》、ずいぶんと変《か》わったところがあるんだけど、いちばん変《か》わってるのは、魔法使《まほうつか》いみたいなところがあるってこと。

今までに、虹北商店街《こうほくしょうてんがい》で起こったいろんな不思議《ふしぎ》な出来事を、話を聞いただけで解決《かいけつ》している。

恭助《きょうすけ》は、

「注意深く聞いて、よく見て、じっくり考えたら、だれにでも解《と》けるよ。」

って言ってるけど、周《まわ》りから見たら魔法《まほう》を使ったようにしか思えない。

そんな恭助《きょうすけ》が、店のおくから、わたしに声をかけた。

「相談事《そうだんごと》にのってあげる。」

って――。

どうして恭助《きょうすけ》は、わたしを見ただけで相談事《そうだんごと》があるって思ったんだろう……?

わたしは、『虹北堂《こうほくどう》』に入る。

たくさんの古本の、カビくさい独特《どくとく》のにおい。

「いらっしゃい。」

恭助《きょうすけ》が言う。(虹北商店街《こうほくしょうてんがい》の人たちは、お客さんだろうがそうでなかろうが、家に入ってきた人には、必《かなら》ず『いらっしゃい』って言う。)

「どうして、相談事《そうだんごと》があるって思ったの?」

わたしは、ストレートに恭助《きょうすけ》にきいた。

「だって、響子《きょうこ》ちゃん。走ってきたじゃないか。」

それだけ？

「手には、ピアノへ行くときのカバンを持ってる。いつもの響子《きょうこ》ちゃんなら、ピアノへぜったいに走ってはいかない。なにより、ピアノ教室は反対方向だ。それが、バイエルの入ったカバンを家に置《お》くのもわすれて、今日は走ってる。なにかが起こったたって考えるのは、当然《とうぜん》じゃやない？」

なるほど。言われてみれば、そのとおり。

全速で走るわたしが『虹北堂《こうほくどう》』の前で急停止《きゅうていし》したしゅんかんに、恭助《きょうすけ》はこれだけのデータを読みとったんだ。

魔法使《まほうつか》いって思われてもしかたがないわね。

で、さっそく、わたしは池口《いけぐち》さんのことを話した。

だまって聞いていた恭助《きょうすけ》は（目が細いので、とちゅうでねてしまったのではないかと心配になる）、わたしの話が終わると、ひとことだけ言った。

「つまり、その池口《いけぐち》さんが、すごい占《うらな》い師《し》だってことを、組合長さんにみとめさせたらいいんだね。」

そのとおり。でも、できるの……？

「じゃあ、さっそく池口《いけぐち》さんといっしょに、組合長さんに会いに行こうか。」

恭助《きょうすけ》は、立ちあがった。

「ちょ、ちょっと！　お店、留守《るす》にしていいの？」

「だいじょうぶ。『虹北堂《こうほくどう》』は、景気不景気《けいきふけいき》に関係《かんけい》なく、お客さんが来ないから。」

むねを張《は》って、恭助《きょうすけ》は答えた。（いばれることじゃないと思うけど……。）

池口《いけぐち》さんに会った恭助《きょうすけ》は、あいさつもそこそこに、こう切りだした。

「組合長さんに、赤と青、黄色の三つのボールをわたして、好《す》きな順番《じゅんばん》にさわってもらいます。その間、池口《いけぐち》さんは目かくしをしていてください。そして、組合長さんがさわり終わったら、池口《いけぐち》さんは目かくしを取って、組合長さんがさわった順番《じゅんばん》を当てるんです。」

「わたしには、そんなことできませんが……。」

「だいじょうぶです。ぼくが、順番《じゅんばん》を教えますから。」

恭助《きょうすけ》が、『ビッグ・トップ』の店先を指さす。

そこには、たて五段《だん》横十列に区切られた、ミニカーをならべるたながある。

「このたなを使わせてもらいます。目かくしを取ったら、池口《いけぐち》さんは、たなの方を見てください。組合長さんがさわった順番《じゅんばん》どおりに、ぼくが、赤、青、黄のミニカーをたなにならべていきます。」

最初《さいしょ》、恭助《きょうすけ》を見たときには、（こんな子どもに任《まか》せてだいじょうぶだろうか……？）って不安気《ふあんげ》だった池口《いけぐち》さんも、恭助《きょうすけ》の言葉を聞いているうちに、安心しだしした。

「では、響子《きょうこ》ちゃん、組合長さんをよんできてくれないか。」

そう言う恭助《きょうすけ》の目は、いつものねむってしまいそうな細い目じゃない。大きく見開かれた、なかなかかっこういい目だ。

みごとなトリック

『ケーキ屋さん』の前に、池口《いけぐち》さんが占《うらな》い用のつくえを出す。つくえの上には、赤、青、黄の三個《こ》のボール。

そして、わたしの父を前にすわらせる。池口《いけぐち》さんは、『ケーキ屋さん』をせにしていて、向かいの『ビッグ・トップ』の店先が、よく見える。

目かくしをした池口《いけぐち》さんが、父に言った。

「今から、ここにある三つのボールを、好《す》きな順番《じゅんばん》でさわってください。わたしは、目かくしをしているので、あなたがどんな順番《じゅんばん》でさわったかは、わかりません。目かくしを取ったあと、あなたの手相《てそう》を見ることで、その順番《じゅんばん》を占《うらな》ってみせましょう。」

「ほんとうに、そんなことができるのかね？」

父は、半信半疑《はんしんはんぎ》だ。

「むろんです。」

自信《じしん》たっぷりに、池口《いけぐち》さんが答える。

父は、うたがわしそうに、一個《こ》目のボールをさわった。青色。次に、二個《こ》目。黄色。そして、三個《こ》目——。

ここで、父はニヤリと笑《わら》って、もう一度、青色のボールをさわった。

「さぁ、当ててもらおうか。」

父の言葉で、池口《いけぐち》さんは目かくしを取った。そして、父の右手を取り、手相を見るふりをする。そして、チラリと『ビッグ・トップ』の店先を見てから、落ちついた声で言った。

「最初《さいしょ》は、青。次は、黄色。最後《さいご》は、もう一度、青——。」

この言葉に、父は、すごくおどろいた。でも。横で見ていたわたしには、なんの不思議《ふしぎ》もないこと。(だって、恭助《きょうすけ》が、たなへ順番《じゅんばん》に青、黄、青の三つのミニカーをならべるのを、見てたから。)

「なるほど……占《うらな》いってのは、たいしたものだな……。」

少しくやしそうな声で、父が言う。

やった！　これで、池口《いけぐち》さんは虹北商店街《こうほくしょうてんがい》で商売ができるわ——って喜《よろこ》ぶのは、少し早かった。

なぜなら、父がとんでもないことを言いだしたのだ。

「そんなにすごい占《うらな》いなら、わしの名前を当てるのくらい、かんたんなことだろう！」

名前を当てるって、そんなこと、できるわけないじゃない。

わたしは、心の中で冷《ひ》やあせをかきながら、池口《いけぐち》さんを見た。でも、池口《いけぐち》さんはよゆうのほほえみをうかべている。

そして、言った。

「あなたの名前は、『マコト』ですね。」

これには、すっごくおどろいた。

たしかに、父の名前は、野村真《のむらまこと》だ。

でも……。

WORLD MINI

でも、どうして、池口《いけぐち》さんにわかったのよ……？

「池口《いけぐち》さんは、すごい人だよ。」

恭助《きょうすけ》が、本のページに目を落としたまま言う。

ここは、お客のいないうす暗い『虹北堂《こうほくどう》』。

あの名前当ての件《けん》で、占《うらな》いはすごいものだと思いこんだ父は、池口《いけぐち》さんが虹《こう》北商店街《ほくしょうてんがい》でお店を出すことを許《ゆる》した。

お客さんの言うことをしんけんに聞いていっしょに考える池口《いけぐち》さんの占《うらな》いは、大好評《だいこうひょう》で、連日《れんじつ》たくさんのお客さんでにぎわってる。そのため、虹北商店街《こうほくしょうてんがい》も、活気がもどった。

すべては、めでたしめでたしなんだけど、わたしには、どうしてもわからないことがある。

どうして、池口《いけぐち》さんは父の名前を当てることができたのか？

その答えをきくために、わたしは『虹北堂《こうほくどう》』にやってきた。

「池口《いけぐち》さんが、すごい人って……それは、ほんとうに占《うらな》いで名前を当てたってこと？」

わたしがきくと、恭助《きょうすけ》は首を横にふった。

「そうじゃないよ。組合長さんが名前をきいたとき、ぼくはミニカーを順番《じゅんばん》に、七列目の一番上、二列目の一番下、四列目の一番下にならべたんだ。」

それで、わかるの……？

「わかるよ、響子《きょうこ》ちゃん、あのたて五段《だん》横十列のたなを見て、なにか思いつかないかい？」

たて五段《だん》、横十列……全部で五十のたな……。

ひょっとして、それは――。

「五十音表！」

「正解《せいかい》。五十音表で、七列目の一番上は『マ』、二列目の一番下は『コ』、四列目の一番下は『ト』になる。」

「それ、とっさに思いついたの？」

「うん。でも、池口《いけぐち》さんに伝《つた》わるか不安だったんだけど、あの人はすごいね。ぼくが伝《つた》えたかったことを、ちゃんと受けとってくれた。ほんとうに、うでのいい占《うらな》い師《し》だと思うよ。」

ふぅ〜。

わたしは、ため息をつく。でも、このため息は、今までのため息とは、まったく意味がちがう。

感心してるのだ。

さすがに、恭助《きょうすけ》は魔術師《マジシャン》とよばれるだけのことはある。

「さて——。また、おもしろい相談事《そうだんごと》があったら、いつでも言ってきてね。」

そう言ってほほえむ恭助《きょうすけ》の目は、いつものねむってるような細い目だった。

はやみねかおる　一九六四年三重県に生まれる。主な作品に「名探偵夢水清志郎事件ノート」シリーズ、「怪盗クイーン」シリーズ、「虹北恭助」シリーズ、「都会のトム＆ソーヤ」シリーズなどがある。

出典：『5年の読み物特集㊦』所収　学研　1998年

「つばさを持った種《たね》」が取りもつ日本人カメラマンと少年の友情《ゆうじょう》の物語。

空へ

作・山口《やまぐち》　理《さとし》

絵・小松良佳《こまつよしか》

男は、一歩一歩しんちょうに歩いた。密林《みつりん》の大地は、すべりやすい。うっかり転んだりしようものなら、自分の体だけではなく、大切なカメラまできずつけてしまう。

大きくうねった木の根につまずかぬように、そして、ぬれた草に足を取られないように、一歩一歩、足元を確《たし》かめながら男は歩いた。

この男は日本からやってきたカメラマン。と同時に、秘境《ひきょう》を旅する冒《ぼう》険《けん》家《か》でもあった。世界中のめずらしい植物を求《もと》めて旅をし、シャッターを切りつづけているのだ。

このニューギニアには、風に乗って何十キロも旅をするという、『つばさを持った種《たね》』の写真をとりにきた。

「やっと川が見えてきたぞ。このあたりにあるはずなんだけどなあ……。」

男がさがしているのは『アルソミトラ』。それはツル植物で人間の頭ほどの果実《かじつ》をつける。そして夏にはその果実《かじつ》から、グライダーのようなつばさを持った種《たね》が、次々と空にまいあがるという。男はその種《たね》の旅立ちを写真にとるためにやってきた。そしてできれば、そのアルソミトラの果実《かじつ》を日本に持ちかえりたいと思っていたのだ。実物があれば、写真の注目度が上がる。そして、カメラマンとしての自分の評判《ひょうばん》も、きっと高くなるはず……。そう考えたからである。ただし、現地《げんち》の人たちは、そうすることをけっして快《こころよ》くは思わない。自分たちを取りまく自然《しぜん》のすべてが、大切な財産《ざいさん》と考えているからだ。


高く天をつく木の上からは、かん高い鳥の声が、絶《た》え間なく聞こえてくる。

ところどころの木が、大きくゆれているのは、木の上になにかの生きものがいるせいだ。とにかく、暑い。たまらない湿気《しっけ》が、男の全身を分厚《ぶあつ》いコートのように包《つつ》みこむ。

いったい、何時間歩いただろう。男の足がぼうのようになりはじめたそのとき、フッと目の前が開けた。

「あっ、あったぞ。あれだ！」

男はついに、川岸に数本そびえているアルソミトラをさがしあてた。それは、大きな茶かっ色の果実《かじつ》を、重そうにぶらさげていた。男はあたふたと背中《せなか》のザックを下ろし、カメラを取りだす。そして川岸に一歩足をふみだした。と、そのとき、ふいに一人の少年のすがたが目に飛《と》びこんできた。地面にすわりこみ、まぶしそうにアルソミトラを見上げているその少年は、一度男の方をちらっと見ただけで、すぐにまたもとの姿勢《しせい》にもどった。はだの色は黒く、ひと目で現《げん》地《ち》の少年であることがわかる。

「きみ、ここでなにをしているんだい？」

男は少年に近づき、覚《おぼ》えたての現地語《げんちご》で話しかけた。少年は
べつにおどろいたようすもなく、頭を上げたまま言った。
「マクロカルパから、種《たね》が出かけるのを見送るんだ。」

「マクロカルパ？　…ああ、アルソミトラの実のことか。そうか、それじゃ、わたしと同じ目的だ。」

少年は男の方に顔を向け、真っ白な歯を見せて笑《わら》った。

やがて大きな夕日が、あたりを真っ赤にそめはじめた。夕暮《ゆうぐ》れだ。

「おじさん、ぼくはもう帰る。暗くなるから。」

少年はそれだけ言うと、川岸のカヌーに飛《と》びのり、対岸にある自分の村へ、帰っていった。

男は急いで近くの平らな場所にテントを張《は》った。ここで、アルソミトラの旅立ちを待とうというのである。

南国の星空はすばらしい。数えきれない星がまるで手に取るようだ。そんなひとりきりの夜の中で、男はいつしかねむりに落ちていった……。

目が覚《さ》めたとき、太陽はすっかり高くなっていた。

「しまった。ちょっとねすごしたかな。」

男は大急ぎでテントを出る。

「おや、あの子、また来ている。」

きのうとまったく同じ場所に、きのうの少年がすわっている。少年は男を見ると小さく手をふった。

「やあ、今日も来ていたのかい。きみ、いつも昼間はここに来ているの？」

男は心の中で、ちょっとまゆをひそめた。「まさか、この子の目の前でアルソミトラの果実《かじつ》をもぎとるわけにはいかないな」、そう思ったからだ。

「うん、このごろはいつも。ほんとうなら、家や村の仕事を手伝《てつだ》わなくちゃいけないんだけど今年は特別《とくべつ》さ。マクロカルパの種《たね》を見送るために来てもいいことになったんだ。」

男には少年の言っていることの意味がよくわからない。軽く首をひねったそのとき、少年がとつぜん、ちがう話を始めた。

「ぼくの名はザノニア。おじいさんがつけてくれた名前なんだ。」

「ザノニア？　それって、アルソミトラの別名《べつめい》じゃないか。」

男がちょっとおどろいたようにそう言うと、少年はこっくりとうなずき、話を続《つづ》けた。

「大きな空をどこまでも飛《と》んでいく、ザノニアみたいに大きな心の人になりなさいって、つけてくれたんだ。……でも、おじいさんは、年の変《か》わる少し前に死んだ。それでぼくは、ザノニアが飛《と》びたつところをどうしても見たくって、お父さんやお母さんにたのんだ。そうしたら許《ゆる》してくれた。でも、十日間だけ。それ以上《いじょう》は、仕事がいそがしくてだめなんだ。」

男はじっと、少年の話を聞いていた。

「それで、今日は何日目なんだい？」

少年の顔が少しくもった。

「今日で七日目。あと、三日しかない。」

その日、アルソミトラは飛《と》ばなかった。

翌朝《よくあさ》、男はテントをたたく雨の音で目を覚《さ》ました。

「今日は雨か。これじゃ、アルソミトラは飛《と》ばないな。」

せまいテントの中で雨ガッパを着こむ。そして双眼鏡《そうがんきょう》を手に、男は外へ出た。

あたりの景色《けしき》は、すっかり雨にけむっている。

「ちぇっ、なにも見えやしない。これじゃ、あの子も今日は来ないだろう。」

そのときふと、男のむねをある思いがよぎった。

(あの子がいなけりゃ、実を取るのにえんりょすることはない。なぁに、たくさんあるんだ。一つくらい取ってもわかりゃしないさ。)

男はテントへ飛《と》びこんだ。

「ロープに、サバイバルナイフ。あとは、カギつきのラダーだな。」

このときのために用意した道具の数々だ。これだけあれば、あの実が手に入る。木から落として、予備《よび》のザックに入れればそれでかんりょうだ。

男は、道具を持ってテントの外に出る。そして、目の前のアルソミトラを見上げた。それは雨にかすんで、水彩画《すいさいが》のように思えた。じっとその木を見上げる男。手に持ったロープから雨がしたたり落ちる。なぜか、足が前に進まない。

密林《みつりん》の大地をたたく雨の音が、男の耳の中で大きくひびいた。

……長い時間が流れた。立ちつくしたままの男の体には、相変《あいか》わらずようしゃなく雨がふり注いでいた。

（だめだ……。）

やがて男は向きを変《か》え、ゆっくりとテントへもどった。そして中に入ると、ぬれた体をタオルでふき、ごろりと横になる。アルソミトラに背中《せなか》を向けて……。

雨は、いつまでもテントをたたき続《つづ》けた。

昼を過《す》ぎたころ、雨が上がった。外へ出ると、水かさの増《ま》した川が、ごうごうと音を立てて流れていた。

「やれやれ、やっとやんだか。」

密林《みつりん》のかなたに虹《にじ》がかかっている。

「あの子、来るかもしれないな。」

男は双眼鏡《そうがんきょう》に目をやったが、川の流れがこんなに急では無理《むり》だろうと思いなおした。その日、少年はやはり来なかった。

次の日は、朝から快晴《かいせい》だった。

「今日は来るだろう。川の水も引いたし、残《のこ》された日があと二日しかないんだから。」

しかし、いくら待っても少年は来ない。男は次第《しだい》にいらだった。

「どうして来ないんだ。こんなにいい天気じゃないか！」

男はなぜこんなにもいらだっているのか、自分でもわからなかった。きのうまで、少年がいないことを、あんなに強く望《のぞ》んでいたはずなのに。

あたりが夕暮《ゆうぐ》れの気配に包《つつ》まれるころ、川をさかのぼってくる一そうのカヌーが見えた。男は急いで双眼鏡《そうがんきょう》をのぞきこむ。だが、それは少年のカヌーではなかった。

(ちがった……。)

しかし、乗っている人物は少年だ。男は、川岸に走りよった。

「いったいどうしたんだい。ずっと心配していたんだぞ。」

男は少年の手を取って、ふりしぼるようにそう言った。

「ぼくの家のカヌーが水に流されてしまったんだ。それで、このカヌーを借《か》りてくるのに手間取ってしまったんだよ。それより、ザノニアは？」

少年は不安そうに男の顔を見つめた。

「だいじょうぶ。まだ飛《と》んじゃいないさ。」

「よかった。ぼく、今夜は家に帰らない。父さんもいいって言った。最後《さいご》のチャンスだから、今夜はずっとここにいていいって。」

「最後《さいご》のチャンス？」

男は不思議《ふしぎ》そうな顔で、少年を見た。

「どうして？　来年だって、再来年《さらいねん》だって、チャンスはまだまだあるじゃないか。」

「だめなんだ。ぼくの村は今年、雨の季節《きせつ》が過《す》ぎたらほかの土地へ移動《いどう》する。ここはよく、川の水があふれるから……。」

少年はそれだけ言うと川岸にねそべった。男もだまって少年のとなりにねた。

オレンジ色の空に、星がまたたきはじめていた。

その夜、男と少年は、星空の下でたくさんの話をした。たがいの国のこと。両親のこと、そして、「ザノニア」の名前をくれたおじいさんのこと……。

男は一すいもせずに夜明けを待った。すやすやとねむっている少年の体に、自分の上着をかけてやると、小さくねがえりを打った。テントのすみでは、ぐっしょりとぬれたままのロープが、無造作《むぞうさ》に投げすてられている。間もなく、最後《さいご》の一日がくる。

夜明け鳥が鳴いた。男は双眼鏡《そうがんきょう》を目におしあて、アルソミトラのようすをうかがう。飛《と》びたつ気配はない。空が朝焼《あさや》けにそまる。

「よし、今日はいい天気だ。」

男がコンロで湯をわかしはじめたそのとき、とつぜん、少年が飛《と》びおきた。

「マクロカルパ…、ザノニアが！」

「まだだよ。わたしがちゃんと見ていてあげるから、だいじょうぶ。」

そんな男の言葉をさえぎるように、少年がさけんだ。

「ちがう。飛《と》ぶ。今、飛《と》ぶんだ！」

男は再《ふたた》び双眼鏡《そうがんきょう》をのぞいた。たしかに、一枚《まい》のアルソミトラの種《たね》がそのうすいつばさをかすかに動かしている。

「ほんとうだ。飛《と》ぶかもしれない……。」

さぁっと静《しず》かな風がふいた。そのとき、まるでスローモーションの映画《えいが》を見るように、ふわっと空にまいあがったものがあった。

「飛《と》んだ！　アルソミトラが、ザノニアが飛《と》んだ！」

二人は、あぜんと立ちつくした。小さなグライダーのようなつばさが、音もなく風に乗って空を飛《と》ぶ。すると、待ちかねたかのように、一枚《まい》、また一枚《まい》と、アルソミトラの種《たね》が朝焼《あさや》けの空に飛《と》びだした。うすいつばさを、真っ赤にそめて、果《は》てしない大空へ、そしてまだ見ぬ大地へと旅立っていく、無数《むすう》のつばさたち。いま、男にも、少年にも言葉はいらなかった。男は、カメラを手にすることもわすれ、少年のかたを、そっとだいた。そして、この小さな旅立ちを見送る二人のすがたも、いつしかこの空の中へとけこんでいた。アルソミトラの赤い空へ……。

山口　理（やまぐちさとし）　一九五三年東京に生まれる。主な作品に『それぞれの旅』『木登り半ぞう』『エリアは北へ』『ぼくの一輪車は雲の上』『風のカケラ』『なぞのじいさま、あらわる！』などがある。

……できるなら

作・川越文子《かわごえふみこ》

北海道《ほっかいどう》で「少年よ大志《たいし》をいだけ」と説《と》いた
クラーク博士《はかせ》の像《ぞう》は
一日中右手をあげっぱなしだったらだるいので
夜中農場にだれもいなくなると
その手をおろしてやすめるのだと言った
詩人がいた

浦島太郎《うらしまたろう》のお話で
たすけてやったカメが竜宮城《りゅうぐうじょう》につれていってくれた

絵・かりやぞののり子《こ》

と読んでもらって
スルメを砂浜《すなはま》にうめ
イカにもどったらぼくを呼《よ》びにきてね
とお願《ねが》いしているおとうとがいる

もう話ができないはずのものでも
うごくようになれることがあるのなら
わたしも言ってみる
お母さん
ゆうれいになってでもいいから
もう一度この家へ
　帰ってきて

川越文子（かわごえふみこ）　1948年岡山県に生まれる。主な作品に詩集『ときが風に乗って』『赤い車』『魔法のことば』『生まれる』、童話『かこちゃん』『お母さんの変身宣言』などがある。

出典：ジュニアポエムシリーズ『ぼくの一歩　ふしぎだね』所収　銀の鈴社　2002年

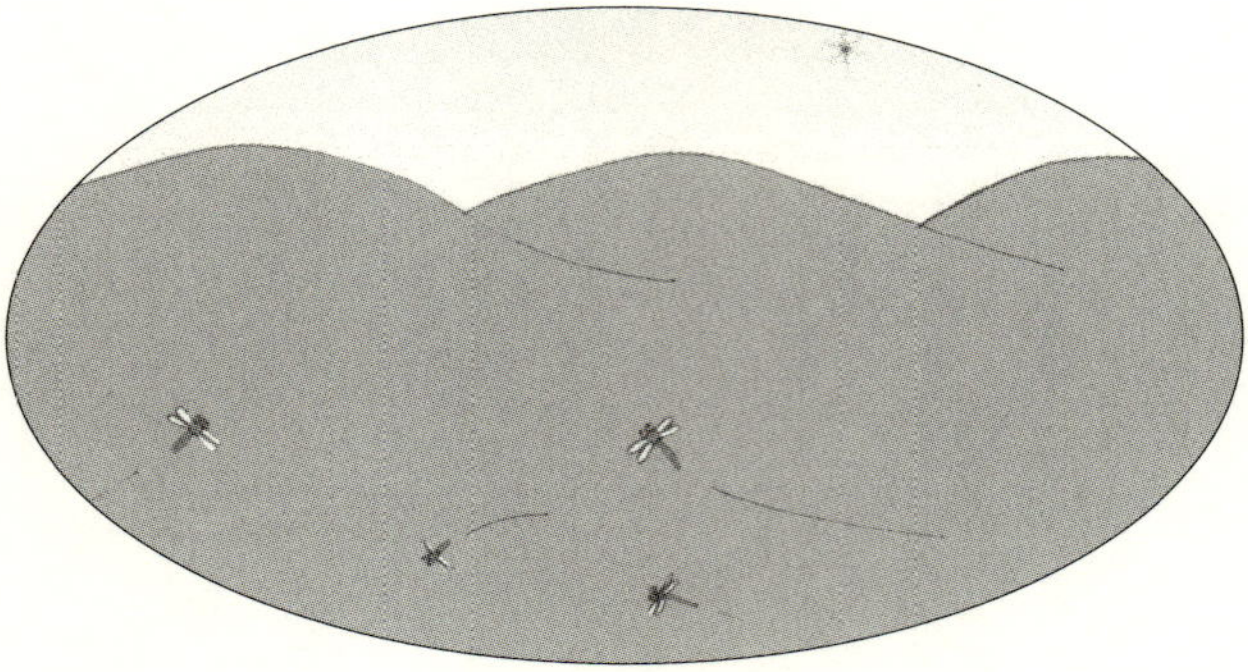

末《すえ》っ子のイワンと兄たちの王女をめぐる物語のゆくえは……。

塩《しお》

ロシア民話《みんわ》　編訳《へんやく》・中村喜和《なかむらよしかず》

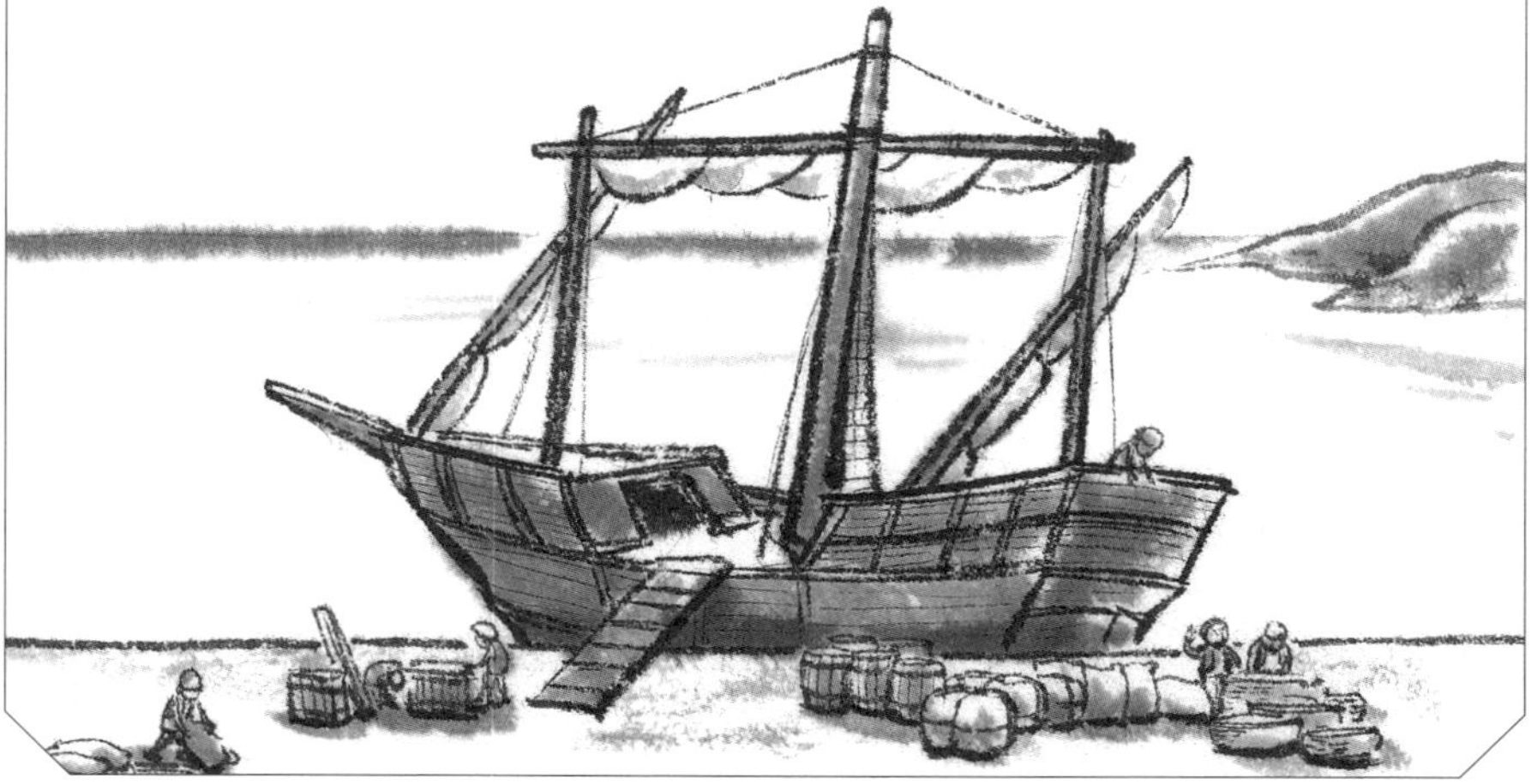

絵・アンヴィル奈宝子《なほこ》

むかし、ある町に三人の息子《むすこ》を持つ商人が住んでいた。長男はフョードル、次男はワシーリイといったが、三男はイワンのばかとよばれていた。この商人はゆうふくなくらしをしていて、何隻《なんせき》もある自分の持ち船で外国へ出かけてはありとあらゆる商品を売り買いしていた。あるとき二隻《せき》の船にさまざまな高価《こうか》な品物を積《つ》みこみ、上の二人の息子《むすこ》たちをそれぞれ船に乗せて海の向こうの国へ送りだした。末息子《すえむすこ》のイワンはつね日ごろ酒場や居酒屋《いざかや》に入りびたっていたので、父親は商売のことをイワンに任《まか》せたことはなかった。そこで兄たちが海の向こうへやらせてもらったことを知ると、イワンはすぐさま父親の前に出て、自分も外国へ行かせてくれとたのんだ。世間を見ながら自分の器量《*きりょう》も人に見せ、自分の頭を使ってひともうけしてみたいというのだった。商人はなかなか首をたてにふろうとしなかった。

「おまえはみんな飲んでしまって、生きて帰ってこないかもしれない。」

けれどもイワンのたっての願《ねが》いに根負けして、丸太やうす板や厚板《あついた》のようなごく安い品物ばかり積《つ》んだ船を一隻《せき》あたえることにした。

イワンは旅のしたくを整えて岸をはなれ、ほどなく兄たちの船に追いついた。兄弟そろって青海原《あおうなばら》を一日、二日、三日と航海《こうかい》したが、四日目になると強いあらしがふきおこって、イワンの船は、はるかかなたの見知らぬ島へふきながされた。

「さあ、みんな。」

とイワンは水夫《*かこ》たちに向かってさけんだ。「あの岸に船を寄《よ》せるんだ。」

岸に着くとイワンは島におりたち、水夫《かこ》たちには船で待つように言いつけて、

＊器量《きりょう》…物事をやりとげるのに必要《ひつよう》な、才能《さいのう》やすぐれた人がら。
＊水夫《かこ》…船乗り。

自分は小道伝《づた》いに歩きだした。どんどん先へ進んでいくと、とほうもなく大きな山にぶつかった。よく見ると、その山はすなでもなければ石でもなく、少しの混《ま》じり気もないロシアの塩《しお》だった。イワンは岸辺《きしべ》へとってかえすと、水夫《かこ》たちに命じて、ありったけの丸太と板を海へすてさせ、塩《しお》を船に積《つ》みこませた。

この仕事が終わるやいなや、イワンは島をはなれ、さらに航海《こうかい》を続《つづ》けた。

それからどれほど船を走らせたことだろう、イワンの船はやがてある大きなにぎやかな町に着き、波止場にとまっていかりを下ろした。商人の子イワンは船をおりてそこの王様のもとへ出向き、思いどおりの値段《ねだん》で商《あきな》いをすることをお許《ゆる》しくださいと願《ねが》いでた。商品の見本として、ハンカチに一包《つつ》みロシアの塩《しお》を持っていった。イワンの来たことが告《つ》げられると、王様はすぐによびだしてこうたずねた。

「なにごとかな。どんな用があるのじゃ。」

「陛下《へいか》、これこれしかじかの次第《しだい》でございまして、どうかこの町で思いどおりの値段《ねだん》で商《あきな》いをさせていただきたいのです。」

「その商《あきな》いの品というのはなにか。」

「ロシアの塩《しお》でございます。」

王様は塩《しお》というものをまだ聞いたことがなかった。その国ではだれもが塩気《しおけ》のない食べものを食べていたのだ。王様はその耳新しい品物をいったいなんだろうと不思議《ふしぎ》に思って言った。

「それでは見せてくれ。」

商人の子イワンはハンカチを広げた。王様はちょっとながめて《なんだ、これはただの白いすなではないか》と思い、うす笑《わら》いをうかべながらイワンに言った。

「わしの国ではこんなものはただでくれてやるぞ。」

イワンはすっかりしょげかえって宮殿《きゅうでん》を下がったが、ふとこう思いついた。

《そうだ、王様の台所へ行って、コックたちがどんなふうに料理《りょうり》を作っているか見てやろう。いったい、どんな塩《しお》を使っているのだろう》そこで台所へ行ってちょっと休ませてもらい、いすにこしを下ろし、目をこらしてながめていた。

コックたちはいそがしそうにあちらこちら動きまわっていた。にものをする者、

焼《や》きものをする者、スープを作る者もあれば、中に*杓子《しゃくし》の上でしらみをつぶしている者もいた。しかし商人の子イワンはコックたちがどの料理《りょうり》にも塩味《しおあじ》をつけようとしないことに気づいた。そこでみんなが台所から出はらったすきを見すまして、大急ぎですべての食べものとソースの上に適当《てきとう》に加減《かげん》しながら塩《しお》をふりかけてまわった。そのうち食事の時間になって、まず最初《さいしょ》の皿が運ばれた。王様が一口すると、それは今まで味わったこともないようなおいしい味がした。二番目の料理《りょうり》はもっと王様の気に入った。

　王様はコックたちをよびよせて、こうたずねた。

「わしは長いことこの国を治《おさ》めてきたが、おまえたちがこんなにうまいものを作ってくれたのははじめてじゃ。どんなこしらえ方をしたのかな。」

「陛下《へいか》、わたしどもはいつもどおりに料理《りょうり》を作り、なにも変《か》わったものは加《くわ》えませんでした。ただ、思いどおりに商売がしたいとお願《ねが》いに来たあの商人が台所にすわっていました。こっそりなにか入れたのはあの男かもしれません。」

「その者をここへよんでこい。」

*杓子《しゃくし》…しゃもじ。

商人の子イワンが王様の前へ取り調べに連《つ》れられてきた。イワンはひざまずいて許《ゆる》しをこいはじめた。

「陛下《へいか》、申しわけございません。わたくしがすべての食べものとソースに、ロシアの塩《しお》で味つけをしたのでございます。そうするのが、わたくしどもの習慣《しゅうかん》ですので。」

「して、その塩《しお》とやらをいくらで売るのじゃ。」

イワンはことがうまく運んでいると見てこう答えた。

「それほど高くはございません。*升《ます》に二はいの塩《しお》が銀貨《ぎんか》一*升《しょう》と金貨《きんか》一升《しょう》でございます。」

王様はその値段《ねだん》で承知《しょうち》して、イワンの持っていた塩《しお》を全部買いとった。

イワンは船いっぱいに銀貨《ぎんか》と金貨《きんか》を積《つ》みこみ、追い風がふきはじめるのを、待っていた。

ところでその王様には美しいひとりむすめの王女がいた。王女はロシアの船が見たくなって、父親に船着き場まで行かせてほしいとたのんだ。王様の許《ゆる》し

＊升《ます》…米、しょうゆ、酒などをはかる入れもの。

＊升《しょう》…米や塩《しお》などの量《りょう》をはかる単位《たんい》。一升《しょう》は、約《やく》一・八リットル。

が出たので、王女は乳母《うば》や侍女《じじょ》や美しい小間使いたちをぞろぞろと引きつれて、ロシアの船へ見物に出かけた。商人の子イワンは王女を案内《あんない》して、いろいろなもののよび名を教えてやった。帆《ほ》がどこにあり、帆綱《ほづな》はどこか、どちらが船首で、どちらが船尾かなどと話したあとで、王女を船室に連《つ》れていった。そして水夫《かこ》たちに命じて大急ぎでいかりを切りすてさせ、帆《ほ》をあげて海へ乗りださせた。そのときちょうど強い風がふいてきて、すぐさま船は町をはなれ、はるかな沖合《おきあ》いに出てしまった。王女が甲板《かんぱん》に出てみると、周《まわ》りは海ばかりなのでしくしく泣《な》きだした。商人の子イワンは王女をなだめたりすかしたりして、泣《な》くのをやめさせた。イワンはなかなかの美男子だったから、王女はすぐににっこり笑《わら》い、なみだを流さなくなった。

それからイワンと王女はどれほど船を走らせたことだろう。いつの間にか兄たちの船が追いついてきて、二人はイワンのきもの太さと運の良《よ》さを耳にすると、うらやましくてたまらなくなった。そこで兄たちはイワンの船へやってくると、イワンのうでをつかんで海の中へ投げこんだ。それから二人はくじを引いて、上の兄は王女、下の兄は銀貨《ぎんか》と金貨《きんか》を積《つ》んだ船、というように横取りしたものを山分けした。

一方、イワンが船から海へ投げこまれたとき、前にイワンのすてた丸太のうちの一本が水にういていた。イワンはその丸太にしがみつき、長いこと深い海の波間をただよったあげく、とうとう見知らぬ島へ打ちよせられた。

イワンが陸《りく》へ上がって岸辺《きしべ》を歩いていると、巨大《きょだい》な口ひげを生やした大男とばったり出会った。その口ひげには皮の手ぶくろがぶらさがっていたが、それは雨にぬれたのをかわかしているのだった。

「なんの用があって来た」とその大男がたずねた。

イワンは一部始終を話してきかせた。

「どうだ、おまえをうちまで運んでやろうか。明日はおまえの上の兄が王女と婚礼《こんれい》をあげることになっている。さあ、おれの背中《せなか》に乗れ。」

大男はイワンを背負《せお》うと海を横切ってかけだした。そのうちイワンの頭からぼうしが落ちた。

「いけない、ぼうしを落としちまった。」

「だめだね。おまえのぼうしはもうずっと遠くだ。五百ヴェルスタ*も後ろさ。」

と大男は答えた。こうしてイワンを故郷《こきょう》まで運びとどけて地面に下ろすとこう言った。

「いいか、おれの背中《せなか》に乗せてもらったことをだれにもじまんするんじゃないぞ。もしじまんしたら、おまえをふみつぶしてしまうからな。」

商人の子イワンはけっしてしゃべらないと約束《やくそく》し、大男に礼を言ってうちへ向かった。

わが家に着くと、そこではもうみんな婚礼《こんれい》のテーブルに着いて、教会へ出かけるしたくをしていた。美しい王女はイワンを見たとたん、すぐにいすから立ち上がりイワンの首にだきついて言った。

「この人がわたしのはなむこです。テーブルにすわっている人ではありませんわ。」

「いったいこれはどうしたことじゃ」と父親がたずねた。そこでイワンは父親に向かい、自分が塩《しお》の商《あきな》いをしたこと、王女を連《つ》れだしたこと、そして兄たち

*ヴェルスタ…昔《むかし》のロシアの、きょりの単位《たんい》。一ヴェルスタは約《やく》一キロメートル。

が自分を海の中へ投げこんだことなど一部始終を話してきかせた。父親は上の息子《むすこ》たちにはらを立てて家から追いだし、イワンと王女を結婚《けっこん》させた。それからにぎやかな酒盛《さかも》りが始まった。酒を飲んでほろよいかげんになった客たちは口々にじまん話を始めた。力じまんあり、財産《ざいさん》じまんあり、中にはわかいにょうぼうののろけ話をする者もいた。イワンはじっとすわっていたが、よいが回ってくると自分もその話に加《くわ》わった。

「そんなことがじまんの種《たね》になるものか。おれがほんとうのじまん話をしてやろう。おれは大男の背中《せなか》に乗って海をわたってきたのだぞ。」

イワンがそう言い終わったとたん、もう門口に大男が現《あらわ》れた。

「やい、商人の子イワンよ。おれのことをじまんするなと口止めしておいたではないか。なんということをしたのだ。」

「許《ゆる》してくれ」と商人の子イワンは言った。

「じまんしたのはわたしではなく、よいがそうさせたのだ。」

「ほう、そうか。それなら見せてみろ、そのよいというやつを。」

イワンはワインを四十たるとビールを四十たる持ってこさせた。大男はそのワインとビールを飲みほすとすっかりよっぱらって、手当たり次第《しだい》に、ものをこわしたりつぶしたりしはじめた。庭をふみつけるやら、家を投げとばすやら、たっぷり悪さを働《はたら》いたあげく、自分もばったりたおれ三日三晩《ばん》ねむりつづけた。目が覚《さ》めてから自分がしでかしたらんぼうのあとを見せられると、大男はすっかりおどろいてこう言った。

「さて、商人の子イワンよ。よくわかったぞ、よいがどんなものか。これからは一生おれのじまん話をするがよい。」

中村喜和（なかむらよしかず） 一九三二年長野県に生まれる。主な翻訳作品に『アファナーシエフ　ロシア民話集』『ロシア中世物語集』などがある。

出典：『アファナーシエフ　ロシア民話集下』所収　岩波書店　1987年

はじめての狩《か》りで少年が体験《たいけん》する、迷《まよ》いと決断《けつだん》をえがく名作。

きみならどうする

作・フランク・R《アール》・ストックタン　訳著《やくちょ》・吉田甲子太郎《よしだきねたろう》

絵・山口《やまぐち》けい子《こ》

一

ある気持ちよく晴れた朝、少年ハルはお父さんのクレイトン氏《し》に連《つ》れられて、明け方からしか狩《が》りに出かけた。少年にとっては、生まれてはじめての経験《けいけん》である。

クレイトン氏《し》は、山にはよく慣《な》れている人だったから、近所の山へ、ふつうのけものをうちに行くぐらいのことには、べつに案内人《あんないにん》を必要《ひつよう》としなかった。四キロから五キロ歩くと、父と子はある湖の入り江《え》のほとりへ出た。クレイトン氏《し》は、そこで立ちどまった。

「ここで一時《いっとき》、二人は、別《わか》れ別《わか》れになろうと思うんだがね。ひとつ、自分のうでを試《ため》してみるんだな。八十メートルばかりはなれたあそこの広場ね、あそこへよくしかが出てくるんだ。この大きな岩かげにかくれていて、おじかが水を飲みに来るのを待つんだ。風向きの具合は上等だ。体さえ見せなければ、見つかる心配は、まずないよ。気長に待たなきゃだめだぜ、ハル。ぼくは、別《べつ》の場所へ行ってみようと思うんだ。昼ごろまでには、ここへ帰ってくるからね。」

クレイトン氏《し》はそう言いのこして、先へ進んでいった。そこでハルは、さっそく戦闘準備《せんとうじゅんび》に取りかかった。第一に、うまい岩のくぼみを見つけて、銃《じゅう》をそこへ置《お》いた。こうしておけば、てきの目にはつかない。それから岩の上へ、わずかに目とぼうしだけしか現《あらわ》れないようにして、こしを落ちつけた。ぼうしは、幸い岩と同じような色をしていた。

少年はこれまでに、しか狩《が》りの話をいく度も聞かされていた。だから、いよいよ、しかが現《あらわ》れて、銃《じゅう》を取りあげるまでには、いやになるほど、長く待たされることがよくあるのをちゃんと知っていた。ハルが、たいくつをしないために、写真機《しゃしんき》を持ってきていたのは、そのためだった。写真は大好《だいす》きで、特《とく》に外の景色《けしき》をとるのを得意《とくい》としていた。

最初《さいしょ》はハルは、しかが現《あらわ》れることになっている場所を写真機《しゃしんき》におさめた。もし、今日初陣《ういじん》の手がらを立てることになれば、その戦場《せんじょう》の風景《ふうけい》写真はこの上ない、よい記念《きねん》になると思ったからだ。それから、じっと待った。だがむろん、しかはそうかんたんに現《あらわ》れてきてはくれない。彼《かれ》はたいくつになってきた。そこで、手近なところで、よさそうな景色《けしき》をさがしてまた一枚《まい》とった。

二

そのあと三十分ばかり、岩のかげにすわって、湖のほとりの森から目をはなさずに、静《しず》かに待っていた。

なんにもせずに、ただ気を張《は》っていることは、なかなかむずかしい。まして、十六や十七の少年にとっては、その元気な体を動かさずにいることはほねが折《お》れる。ハルは、もう一枚《まい》写真をとろうかな――と、そう思った。ちょうど、そのときであった。しかは、きっとあのへんから出てくるだろうと、クレイトン氏《し》が教えておいてくれた、まさしくそのあたりの木の葉がざわめくのが、はっきりとわかった。ハルは銃《じゅう》に手をのばして、息をつめた。

森のはずれから、頭が一つのぞいた。それから首が――。しかし、それは、彼《かれ》が待ちうけたおじかの頭ではなくて、めじかの頭だった。角が生えていない。けれども、美しい頭にはちがいなかった。きょりが近いので、大きな、つやつやした目の美しさまでが、手に取るように見える。

めじかはやがて、森と水との間のうちひらけた場所に、そのすんなりしたすがたを現《あらわ》した。しかは右を見た、左を見た、それから、水の上を見わたした。こうして、注意深くあたりをうかがってから、今自分が出てきたばかりのしげみの方に頭を向けた。

するとたちまち、かわいらしい一ぴきの子じかが、しげみの中からはねだしてきた。まるで、そのお母さんじかが、「だいじょうぶだよ。さあ、出ておいで」と、声をかけたように思われた。だが子じかも、頭を上げて、右を見、左を見、それから水の上を見わたした。お母さんの言葉で、思いきって安全な森かげから出てきたが、ほんとにだいじょうぶなのかしらと、自分でもう一度確《たし》かめているというようすである。

お母さんのしかは、水際《みずぎわ》まで歩みよって、その品の良《よ》い頭を下げて水を飲んだ。子じかは、ちょこちょこお母さんの後ろへかけよって、同じように、かわいい頭を下げた。けれども、その鼻先をちょっとぬらしただけで、水を飲もうとはしなかった。ほしくないらしい。めじかは、もう一度念入《ねんい》りにあたりを見回してから、ゆっくりと浅《あさ》い水の中へ入っていった。そして少し進むと、立ちどまって、後ろをふりかえった。「冷《つめ》たい水へ入ると、ほんとうに気持ちがいいよ。おまえも早くおいで」そう言って、息子《むすこ》が入ってくるのを待っているように見える。

ところが子じかは、そんな気にはまるでなれないのだ。気に入らないというようすで、耳をぴんと立てて、小さなひづめで、とんとんと地面をふんでいる。それから、なぎさにそって、いらいらしながら、あっちへ行ったりこっちへ来たり歩きまわる。どうも、「お母さん、そんなおてんばなことをしないで、早くこっちへ上がってきてください」と、たのんでいるようにしか思えない。

しかしめじかは、子じかの心配なんか少しも気にかけない。かまわず、深い方へずんずん進んでいく。そのうちに、めじかのあしはほとんどかくれて、もう少しで、はらまで水がとどきそうになった。見ている子じかは、たまらなくなってきた。二度も三度も、右左へととびあがって、こまったようすをしていたが、とうとう水際《みずぎわ》まで行って、かたあしを水の中へつっこんだ。それから、そのあしを引っこまして、またあしぶみをし始めた。めじかは、たえず子じかのしぐさを見守って、「だいじょうぶ。だいじょうぶ。入ってごらん。あたしが見ていてあげるから」と、言いつづけているように見えた。それにはげまされたのか、子じかは、今度は両あしの前あしを水に入れて、ちょっとの間じっ

と立っていた。

だが子じかは、また、後ろへ下がった。そして、あしのぬれたのが気持ちが悪くてたまらないというように、いく度か足ぶみをしてから、遠くの方までかけのいた。それから、ふりかえって、お母さんの方をしばらく見ていた。きっと、「ぼく、もういいでしょう。お母さんも早く出てきてくださいよ。ぼく、水ん中へ入るなんて、気持ちが悪くていやなんだ」――そんな気持ちなのであろう。お母さんのしかに、子どものこの気持ちがわからないはずはなかった。それなのに、めじかは、子じかの願《ねが》いをいっこう聞きいれないで、ますます岸から遠くはなれていった。そして、せが立たなくなったとみえて、とうとう泳ぎはじめたのであった。

三

子じかはどうするだろう。ハルは、もう二ひきのしかから目をはなすことはできなかった。

子じかは、お母さんのしかが、このまま向こう岸へ泳いでいってしまうのではあるまいかと思った。自分が、ここへ、ひとりで、置《お》いてきぼりにされたのではないかという心配が起こってきた。

お母さんがどこへ行こうとも、またどんなことをしようとも、別《わか》れ別《わか》れになるのはいやだ。そばにいたい。いっしょにいなければならない。そう思うと、子じかにも勇気《ゆうき》がわいてきた。すべてをわすれて、子じかは水の中へおどりこんだ。そして、しぶきを飛《と》ばして、はねまわった。少しでもお母さんの近くへ行きたい。そう思ってもがき進むうちに子じかはいつの間にか、せの立たない深みまで来てしまった。自分でも気がつかないうちに、子じかは、お母さんじか目がけて、夢中《むちゅう》になって泳ぎはじめていた。

ハルは、これまでのところを、息もつけないほどの興味《きょうみ》で見守りつづけた。人間をのぞけばほとんどどんな動物でも、水の中でしずまずにいることができるものだし、また、特別《とくべつ》に教えられないでも、泳ぐことができるものだ。この子じかが、泳げることに不思議《ふしぎ》はないけれども、ハルには、子じかが冷《つめ》たい水を好《す》かないこともよくわかった。だから、子じかが水に対して自信《じしん》を持つようになり、てきに追いつめられたら、平気で水の中に飛《と》びこめるようになるためには、やはり大いに教育《きょういく》しておくことが必要《ひつよう》なのだ。

子じかは、やっと頭だけを水の上に出して、小さなあしをせわしく動かしながら進んでいった。そして間もなく、お母さんのそばまで泳ぎついた。めじかは、静《しず》かに息子《むすこ》の周《まわ》りを泳ぎまわった。そうしながら、ときどき自分の顔を子じかの顔にぐっと近寄《ちかよ》せた。「さあ、しっかり泳ぐんだよ」と、元気をつけているように見える。

けれども、子じかのほうは、元気なんかつけてもらいたくはないのだ。お母さんに、早く岸に帰ってもらいたいのだ。自分を連《つ》れて帰ってもらいたいと思っているのだ。

そのうちに、すきを見て、子じかはお母さんじかの背中《せなか》に上ろうとした。お母さんは、そのためにしずみそうになった。するとめじかは、子じかの気持ちになんか少しも同情《どうじょう》しないで、いきなりふりおとしておいて、さっさと岸の方へ泳ぎはじめた。子じかは、追っかける。なんとかして、お母さんに追いついて、すきをねらっておぶさろうとする。お母さんは、遠くははなれないが、いつでも子どもの前あしがとどかないだけ、引きはなして進んでいく。だがたえずふりかえって、子じかをはげますことはわすれない。

　間もなくめじかは、かわいた土の上に立っていた。子じかは、水の底《そこ》にあしが着くようになるとすぐ、ひととびになぎさへかけあがった。それから、すばらしい速さで、あっちへ、こっちへ走りまわりだした。そうやって、からだを温めているのにちがいない。お母さんじかは、うれしそうにそのようすをながめている。子じかはさっき、お母さんにいじめられたことはすっかりわすれて、実にゆかいそうに、かけまわっている。さっきまであんなに水をこわがっていた、意気地《いくじ》なしの子じかとは思われないくらいである。

　めじかは、お母さんとしての役目を果《は》たして、満足《まんぞく》そうに日なたに身をのばして、からだをかわかしている。ゆったりとした美しいねすがただ。子じかも、やがてお母さんのそばへ来てねそべった。しかしこれは、細い四本のあしをぐんと四方へのばして、あごを土の上へどたりとつけて、いかにもだだっ子らしいねかただった。

ハルは、めじかと子じかのすることをながめている間、銃《じゅう》のことなど一度だって思いださなかった。どういう季節《きせつ》にもせよ、またどういうわけがあるにせよ、小さな子じかやその慈愛《じあい》の深いお母さんのしかをうつことは、法律《ほうりつ》でかたく止められていた。仮《かり》に、止められていなかったとしても、そんなはずかしい、むごたらしいことはできるものではない。ましてこの少年は、やさしい母親が、子どもに泳ぎのけいこをしてやるところを、目《ま》の当《あ》たり見て、いわばその二ひきのしかと、友だちになったような気がしているところだ。いま、この親子のしかに危害《きがい》を加《くわ》えようとする人間が現《あらわ》れたなら、少年はかえって、その人間に銃《じゅう》を向けたかもしれないのである。

四

泳ぎのけいこに見とれている間、ハル少年は、写真機《しゃしんき》のこともきれいにわすれていた。だが、しかの親子が落ちついたすがたになるといっしょに、それを思いだした。そしてさっそく、水浴《あ》びのあとで、静《しず》かに休んでいる子じかとその母の写真をとろうとした。ところがいま、シャッターを切ろうとしたとき、美しいモデルたちが、とつぜん動いた。子じかは頭を上げた。めじかはそのままの姿勢《しせい》で、目だけを森の方へ向けた。

その動きを待っていたように、ハルは写真機《しゃしんき》を置《お》いて、銃《じゅう》に手をかけた。心臓《しんぞう》は、はげしく鼓動《こどう》しはじめた。全身がふるえた。なにかしかがこわがらないものが出てくるのだ。子じかも、お母さんのしかも、ちっともおそれているようすがないので、それがわかる。自分が待っていたものが、ついに現《あらわ》れてくるのであろうか。

なにかが来た。そしてそれは、ハル少年が熱心《ねっしん》に待ちうけていたものにちがいなかった。少しも心配らしいようすも示《しめ》さずに、見事なおじかが、ゆうゆうと森の中から歩みでてきたのである。おじかは、右の方を見なかった。左の方も見なかった。水の上を見わたそうというそぶりも表さなかった。さりげなく、ちらりと、めじかと子じかをひと目見ただけで、おじかは湖の方へ進んでいった。どこまでも、すっかり安心しているという態度《たいど》だった。いかにもたのもしい、自信《じしん》に満《み》ちたすがただった。

おじかは少し水を飲んだ。あたりに生えている草を食べた。それから、子じかとめじかとが横になっているところへ歩いていった。頭を上げて、あたたかい、日のにおいのする空気を、喜《よろこ》ばし気《げ》にすいこんだ。太陽の光の入らない森のおくの空気とはまるでちがうのだ。おじかの頭には、すばらしい角があった。そのいくつにも分かれた枝《えだ》の先が、明るい日差《ひざ》しをはねかえしてするどく光って見えた。

五

ハル少年の心臓《しんぞう》はまだはげしく鼓動《こどう》している。彼《かれ》は銃《じゅう》に手をかけたまま、体のふるえを止めようと努《つと》めた。生まれてはじめて、本物のおじかが、えものとして目の前に現《あらわ》れたら、自分はきっとこういうことになるだろうと、かねてかくごはしていた。しかし的《まと》を外さず、一撃《いちげき》のもとにえものをたおそうと思ったら、どんなことをしても、まず、じゅうぶんに落ちつきを取りもどさなければならない。

だが、わくわくしながらも、少年はいま、自分の前に自然がえがきだしてくれた世にもめずらしい絵の、たぐいまれな美しさに、うっとりと見とれずにはいられなかった。子じかは再《ふたた》びめじかとならんで、長々とねそべり、おじかはその少し後ろに高く頭を上げて、たたずんでいる。背景《はいけい》には、湖と樹木《じゅもく》と晴れわたって白雲の飛《と》ぶ空。ハルは考えた。発砲《はっぽう》する前に、写真を一枚《まい》とるだけのゆとりがあるだろうか。いずれとも心を決めかねている、わずかな時間のうちに、とつぜん、おじかのすがたに変化《へんか》が起こった。すばやい動作で、おじかは水の方へ頭をふりむけた。耳を前の方へふせ、目を大きく開けたと思うと、聞きなれない、かん高い、笛《ふえ》を鳴らすような声が、その口から発せられた。おじかは、なにかにおどろかされたのだ！

ハルには、危険《きけん》を示《しめ》すようなものは、なんにも目にはとまらなかった。あやしい物音も聞こえなかった。しかし、しかの目、しかの耳は、少年のそれよりは、はるかにするどいはずである。あるいはそれは、湖の向こう岸にきつねがいるというようなことだったかもしれない。わけはよくわかっていないのだが、しかはひどくきつねをこわがるものだ。だが、それはともかく、いまおじかはなにものかにおどろいているのだ。立派《りっぱ》なその角が、細かくふるえている。からだ全体がふるえているしょうこだ。

おじかのおそれが、すぐにめじかと子じかに伝《つた》わった。めじかは半ば身を起こして、頭を湖の方へ向けた。子じかは、ぴょんと立ちあがった。

見事な絵だ。すばらしい美しさだ。きりりと気を張《は》りきったそのひとときの

しかの一族！　おじかと、めじかと、子じかと――。ハル少年は、これまでに、これほど美しい絵も彫刻《ちょうこく》も見たことがないと思った。

だがそれはまた、このうえない発砲《はっぽう》の好機会《こうきかい》だった。この場をはずしたら、おそらく、えものはにげさってしまうにちがいなかった。

考えているひまはない。おじかは、なお少し高く頭を上げた。そしてほんの少し、森の方へ身を寄《よ》せた。めじかが、ひょいと立ちあがった。子じかは、からだを弓なりにした。飛《と》びだす前の姿勢《しせい》である。今だ！　今すぐしなければ、なにごとも間に合わない。うつか、写真をとるか――。

ハル少年は写真機《しゃしんき》をつかんだ。カチリ！　それで、事は終わった。

同時に、おじかは森の方へ頭を向けた。めじかはからだを少し前へかがめた。三びきのしかは、一度にはねた。なにかにおどろいた動物どもは、さっとしげみの中へすがたをかくしてしまったのであった。

フランク・R・ストックタン　一八三四年アメリカに生まれる。主な作品に『怪じゅうが町へやってきた』『みつばちじいさんの旅』などがある。一九〇二年没。
吉田甲子太郎（よしだきねたろう）　一八九四年群馬県に生まれる。主な作品に『兄弟いとこものがたり』、翻訳作品に『ハックルベリー・フィンの冒険』『しあわせな王子』『小公子』などがある。一九五七年没。

出典：『空に浮かぶ騎士』所収　学研　1979年

お話を読みおわって

日本児童文学者協会元会長
木暮正夫《こぐれまさお》

今まであまり読書に親しんでこなかった人たちにも、「物語ってこんなにおもしろかったのか」と思ってもらえる作品を集めたこの一冊《さつ》を、どう読んでいただけたでしょう。好《す》きな作品が友だちとちがっても、少しもかまいません。算数の〝正解《せいかい》〟は一つですが、読書には決まった答えなどないのですから。

『**月夜のでんしんばしら**』……たいへん幻想的《げんそうてき》な童話《どうわ》です。『どんぐりと山猫《やまねこ》』や『注文の多い料理店《りょうりてん》』の作者の作品ですが、お話のおもしろさと同時に、この作者にしか表現《ひょうげん》できない文章力《ぶんしょうりょく》に、かぎりない魅力《みりょく》があふれています。

『**鬼《おに》の嫁《よめ》**』……〝創作民話《そうさくみんわ》〟。心やさしいゆうは赤鬼山《あかおにやま》の赤鬼《あかおに》から村の難儀《なんぎ》を救《すく》うため、自ら進んで赤鬼《あかおに》の嫁《よめ》になりました。ゆうのやさしさに鬼《おに》は降参《こうさん》です。ついには、にげだしました。やさしさほど強いものはありませんね。

『林のなか』（詩）……林でスケッチをしている少女と秋の気配《けはい》を、さりげなく写しとっています。初秋《しょしゅう》のさわやかな風や、やわらかな木もれ日が静《しず》かに感じとれ、その情景《じょうけい》が一枚《まい》の絵となってイメージされるではありませんか。

『最後《さいご》の一葉《ひとは》』……なくなっていった老画家《ろうがか》ベアマンさんの心情《しんじょう》と行動に、ぐっとむねが熱《あつ》くなります。わかい女流画家志望《しぼう》のジョンジィを救《すく》うため、あらしの夜、落ちることのない一枚《まい》のつたの葉を作ってとりつけたのですから。

『青い鳥』……貧《まず》しい夫婦《ふうふ》の息子《むすこ》のチルチルが、妹のミチルとともに「幸せの青い鳥」をさがす旅に出かけ、さまざまな試練《しれん》を受けました。幸福は意外とすぐ近くにあるものというテーマで知られる、名作中の名作です。

『海が消える』……ファンタジー童話の名手として知られる作家が、その豊《ゆた》かな想像力《そうぞうりょく》によってつむぎだした作品。日常《にちじょう》の出来事から空想的《くうそうてき》なお話に発展《はってん》させていくストーリー運びのたくみさも、この作品の読みどころです。

『飛《と》ぶゆめ』……まわりのみんなと同じでないと安心できない現代人《げんだいじん》の心理をついた作品です。主人公の大助《だいすけ》がクラスのみんなと同じゆめを見られたことがハッピーといえるかどうか、考えてみてください。

『魔術師《マジシャン》とよばれた男』……生活感のある推理《すいり》読みものです。人情《にんじょう》ドラマとトリックを使った構成《こうせい》がとけあっており、文章《ぶんしょう》のテンポの良《よ》さも申し分ありません。文句《もんく》なしにひきつけられて、一気に読まれたことでしょう。

『空へ』……「アルソミトラ」のこと、知っていましたか？　この作品に出会うまで、わたしは知りませんでした。「知らなかったことを知る」――これも

お話を読みおわって

読書の大きな喜《よろこ》びです。現地《げんち》へ行ってみたくなりますね。

『**……できるなら**』（詩）……三連《れん》で構成《こうせい》されています。三連《れん》とも、現実《げんじつ》にはあり得《え》ないことを書いていますが、三連目《れんめ》は少しちがいます。無理《むり》なことと分かっていながらも、作者の願《ねが》いがそっとこめられているところがです。

『**塩**《しお》』……いかにもロシアらしいスケールの大きな民話《みんわ》。波乱万丈《はらんばんじょう》のすじ立てで引きつけますが、大男の最後《さいご》のひとことのしゃれていることといったらありません。庶民《しょみん》の願《ねが》いと夢《ゆめ》をお話にした民話《みんわ》の心は、世界共通《きょうつう》です。

『**きみならどうする**』……少年ハルは、しかに銃《じゅう》を向けるか、カメラを向けるか、二者択一《たくいつ》をせまられました。人生には、しゅん時にその選択《せんたく》をしなければならないことがあるのです。どうかくいのない選択《せんたく》をしてください。

選者　木暮正夫（こぐれ　まさお）　日本児童文学者協会元会長
1939年群馬県生まれ。代表作『また七ぎつね自転車にのる』『街かどの夏休み』『二ちょうめのおばけやしき』『かっぱ大さわぎ』など多数。絵本やノンフィクションも手がけた。2007年没。

岡　信子（おか　のぶこ）　日本児童文芸家協会元理事長
1937年岐阜県生まれ。20代より童話創作を始める。代表作『花・ねこ・子犬・しゃぼん玉』（児童文芸家協会賞受賞）『はなのみち』（光村図書・一年国語教科書に掲載）など多数。

表紙絵　スタジオポノック／米林宏昌　©STUDIO PONOC

装丁・デザイン　株式会社マーグラ

協力　藤田のぼる　入澤宣幸　勝家順子　グループ・コロンブス（お話のとびら）　とりごえこうじ（お話のとびら）

よみとく10分
10分で読めるお話　5年生

2005年3月13日　第1刷発行
2019年11月19日　増補改訂版　第1刷発行
2024年6月24日　増補改訂版　第2刷発行

発行人　土屋　徹
編集人　芳賀靖彦
企画編集　矢部絵莉香　井上茜　西田恭子
発行所　株式会社Gakken
〒141-8416　東京都品川区西五反田2-11-8
印刷所　株式会社広済堂ネクスト

【編集部より】
※本書は、『10分で読めるお話五年生』（2005年刊）を増補改訂したものです。
※表記については、出典をもとに読者対象学年に応じて一部変更しています。
※作品の一部に現代において不適切と思われる語句や表現などがありますが、執筆当時の時代背景を考慮し、原文尊重の立場から原則として発表当時のままとしました。

【この本に関する各種お問い合わせ先】
• 本の内容については　下記サイトのお問い合わせフォームよりお願いします。
https://www.corp-gakken.co.jp/contact/
• 在庫については　Tel 03-6431-1197（販売部）
• 不良品（落丁、乱丁）については　Tel 0570-000577
学研業務センター　〒354-0045 埼玉県入間郡三芳町上富279-1
• 上記以外のお問い合わせは　Tel 0570-056-710（学研グループ総合案内）

学研グループの書籍・雑誌についての新刊情報・詳細情報は、下記をご覧ください。
学研出版サイト　https://hon.gakken.jp/

お話のとびら

いろいろなお話があったね。
読んだお話をふりかえってみよう!

絵・堀《ほり》江《え》篤《あつ》史《し》

読書ノートを書いてみよう!

同じ作品でも、時間をおいて読みかえすと、新たな発見や感動があるかもしれないね。今の感想を記録《きろく》しておこう。

書き方の例《れい》

題名　鬼《おに》の嫁《よめ》　作者　斎藤隆介《さいとうりゅうすけ》

読んだ日　20XX 年●月▲日

感想

人の役に立つことが好《す》きなのに、目立つことがなによりきらいなゆう。赤鬼《あかおに》のところから村に帰…たら村人に「おまえがいないときに村にすごい…こったんだ。伝助夫婦《でんすけふうふ》の畑おこしはいつの…わってるし、出水のあった川の曲がりはなお…し、林道も……」…て聞いて、ゆうは「ふうん、それはよかっ…なんて言うんだろうな、きっと。

…ことを、ぼくはとっても好《す》きだな。

自分ではなかなかゆうのように…ほめても…ゆうのこ…いいな。

おすすめ度　★★★★★

ポイント1

読んだ本の情報《じょうほう》を書きましょう。好《す》きなお話があったら、同じ作者が書いたほかのお話もさがしてみましょう。

ポイント2

おもしろかったところや、自分ならどうするかなど、自由《じゆう》に書きましょう。

ポイント3

このお話のおすすめ度を星の数で、表してみましょう。気に入ったお話は、ほかの人にしょうかいしてみましょう。

使うノートはどんなものでもいいよ。自分の好《す》きなノートだと書くときの気分もちがうよ。

宮沢賢治《みやざわけんじ》のオノマトペを楽しもう

「ドッテテドッテテ、ドッテテド」など、この「月夜のでんしんばしら」には、ゆかいな、ぎ音語・ぎたい語（オノマトペ）がたくさん使われているね。宮沢賢治《みやざわけんじ》のほかの作品のオノマトペも見てみよう。なにを表しているのかな。

かぷかぷ　「やまなし」より

「やまなし」は谷川の底《そこ》でくらす２ひきのカニの兄弟のお話。「クラムボンは**かぷかぷ**わらったよ。」など、ゆかいなオノマトペが登場します。

どっどど　どどうど　「風の又三郎《またさぶろう》」より

風とともに現《あらわ》れて去っていくなぞの少年、又三郎《またさぶろう》のお話。「**どっどど　どどうど　どどうど　どどう**」という風の音が、何度も印象的《いんしょうてき》に使われています。

グララアガア　「オツベルと象《ぞう》」より

働《はたら》かされて弱った象《ぞう》を、仲間たちが助けにいく場面でのオノマトペ。「**グララアガア**」には、たくさんの象《ぞう》が走る力強いイメージがよく表れています。

オノマトペに
注目しながら
「月夜のでんしんばしら」を
もう一度読んでみよう！

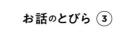

最後の一葉　35ページ

O《オー》・ヘンリーの作品をもっと読もう

「最後《さいご》の一葉《ひとは》」は、命をかけてわかいむすめを救《すく》った老《ろう》画家のお話だったね。O《オー》・ヘンリーは、ほかにも心に残《のこ》る作品をたくさん書いているよ。

賢者《けんじゃ》のおくりもの

貧《まず》しい夫婦《ふうふ》が、おたがい愛《あい》する相手にクリスマスのおくりものをあげたいと考えていました。二人はプレゼントを買うために、相手にはないしょで、自分のいちばん大事なものを売ることに。しかし、おたがいのプレゼントを見てみると……。相手を思う、やさしい心をえがいたお話です。

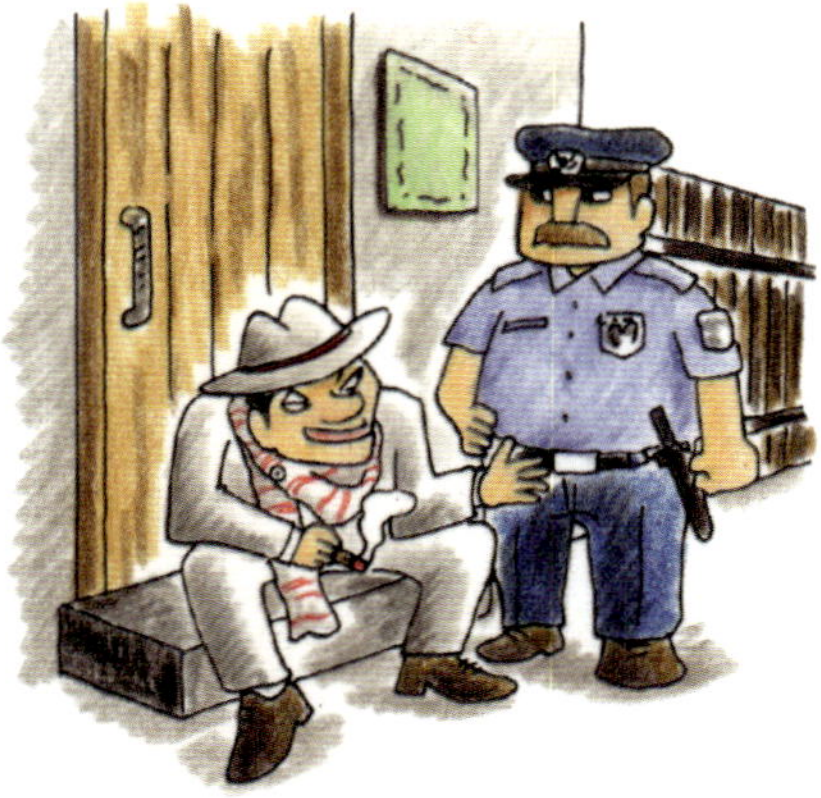

二十年後

二十年後の再会《さいかい》を約束《やくそく》したボブとジミー。約《やく》束《そく》の場所でボブが待っているときに来た見まわりの警察官《けいさつかん》に、ボブはこの二十年間のことを話《はな》します。警察官《けいさつかん》と別《わか》れたあと、そこにジミーが来ますが、ボブはあることに気づきます。そこに待っていた意外な結末《けつまつ》とは。

赤い酋長《しゅうちょう》の身代金《みのしろきん》

二人組の悪者が、身代金《みのしろきん》を手に入れようと、町のお金持ちの息子《むすこ》をゆうかいします。ところがこの男の子が、とんでもないわんぱくぼうずでした。悪者が男の子にふりまわされる、楽しいコメディです。

青い鳥の正体はなに？

このお話に登場する「青い鳥」ってなんだろう？ 「青い鳥」が意味するものに注目しながら、もう一度お話を読んでみよう。

▶ 青い鳥についての情報《じょうほう》をお話からぬきだしてみよう

うちに帰ったら、そこにいることがわかった。

ゆうれいの部屋や、戦争《せんそう》の部屋にはいない。

ほかには？

持ちかえろうとすると死んでしまう。

▶ 青い鳥がなにを表しているのか、考えてみよう

持ちかえろうとすると死んでしまう。 → 自分だけのものにすることはできない。

うちに帰ったら、そこにいた。 → さがしているものは、実は身近にあるのではないか。

青い鳥は、幸福の
シンボルともいわれるよ。
あなたはどう思う？

魔術師《マジシャン》の暗号文クイズ

響子《きょうこ》のお父さんを納得《なっとく》させた、恭助《きょうすけ》のトリックは見事だったね。
このトリックを参考《さんこう》にして、下のクイズを解《と》いてみよう！（答えはページの下にあるよ）

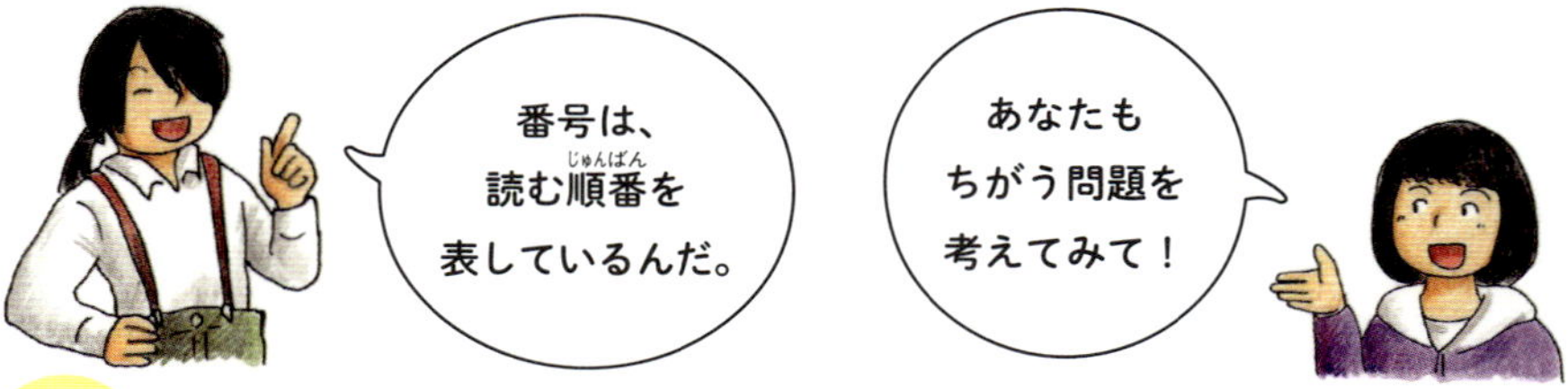
番号は、
読む順番《じゅんばん》を
表しているんだ。
あなたも
ちがう問題を
考えてみて！

Q1 虹北商店街《こうほくしょうてんがい》でいちばん古いお店は、何屋？

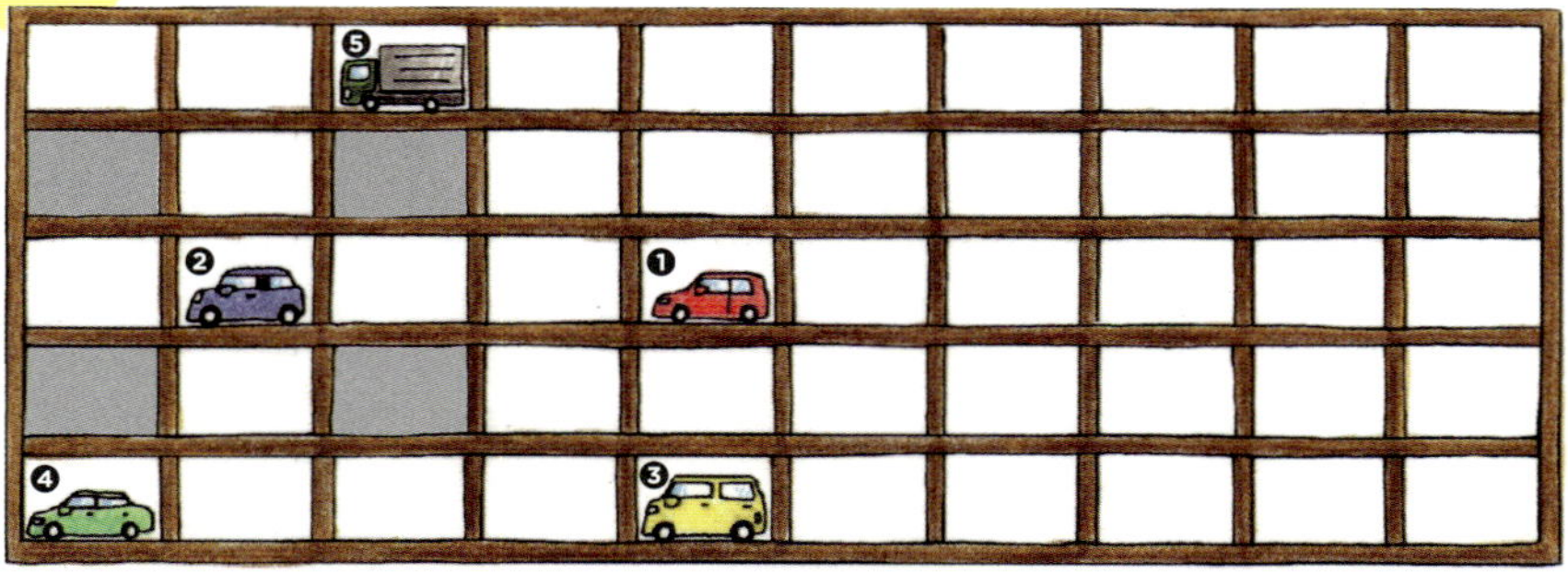

Q2 響子《きょうこ》の好《す》きな占《うらな》いはなに？

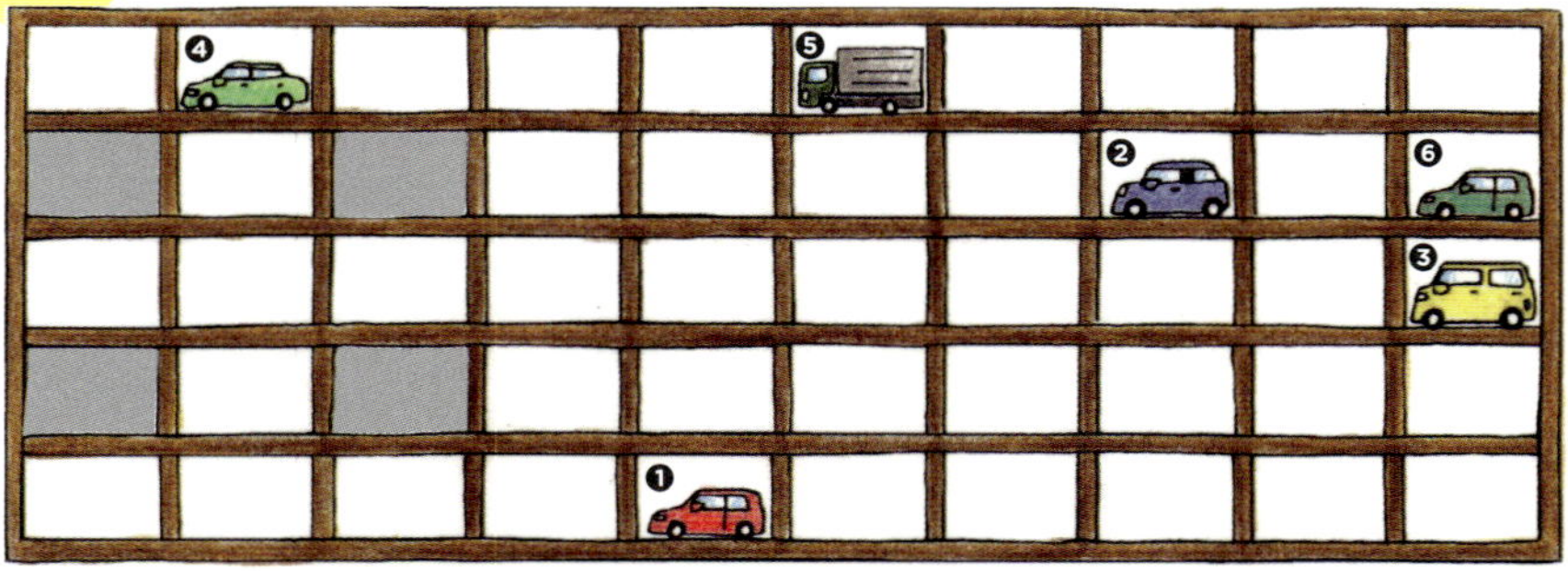

答え Q1. ふるほんや Q2. ほしうらない

ニューギニアの不思議《ふしぎ》な種《たね》

主人公がたずねたのは、ニューギニアというところだったね。お話の舞台《ぶたい》や登場するものについてよく知ると、お話をより深く味わえるよ。

南の島ニューギニア

日本からはほぼ真南に向かって約《やく》5000キロメートルのきょりにある、世界で２番目に大きな島です。海岸は熱帯《ねったい》雨林でおおわれている一方、内陸《ないりく》には富士山《ふじさん》よりはるかに高い山もあり、いろいろな地形が見られます。

東西のほぼ真ん中で２つの国に分かれていて、東半分はパプア・ニューギニア、西半分はインドネシアの一部です。

全長《ぜんちょう》15センチメートルほどのアルソミトラの種《たね》。茶色い種《たね》の周《まわ》りに、大きな羽根がついています。

不思議《ふしぎ》なアルソミトラの種《たね》

アルソミトラは、高い木にからんで育つツル植物で、地上30メートルほどの高さに実をつけます。実の中には、うすくて軽い羽根のついた種《たね》が、数百個《こ》も入っています。

ニューギニア島は、木がうっそうとしげっているために風が少ない島です。アルソミトラは、高いところから落ち、グライダーのように飛《と》ぶことによって、風がない状態《じょうたい》で100メートル以上《いじょう》先まで種《たね》を運ぶことができるのです。

塩 141ページ

ここからは、本の後ろから読んでね。

イワンと塩《しお》クイズ

ばかにされていたイワンが、最後《さいご》は幸福を手にするお話だったね。
場面を思いだしながら、クイズにちょうせんしよう。（答えはページの下にあるよ）

1. イワンの父親はどんな仕事をしていた？

- ア　航海士《こうかいし》
- イ　船大工
- ウ　商人

2. 島の塩《しお》を船に積《つ》むためにイワンはなにをすてた？

- ア　酒
- イ　丸太や板
- ウ　金貨《きんか》や銀貨《ぎんか》

3. イワンは升《ます》2はいの塩《しお》を王様にいくらで売った？

- ア　銀貨《ぎんか》1升《しょう》と金貨《きんか》1升《しょう》
- イ　銀貨《ぎんか》2升《しょう》と金貨《きんか》1升《しょう》
- ウ　銀貨《ぎんか》2升《しょう》と金貨《きんか》2升《しょう》

4. よっぱらった大男はどんならんぼうをした？

- ア　家をふみつけた
- イ　家を投げとばした
- ウ　家をにぎりつぶした

答え　1.ウ　2.イ　3.ア　4.イ